KB046009

너덜너덜한 엘프씨를 행복하게하는 약장수씨

Dying elf & apothecary

[원작·일러스트]
기바짱

[소설]
아야사카 쿄우

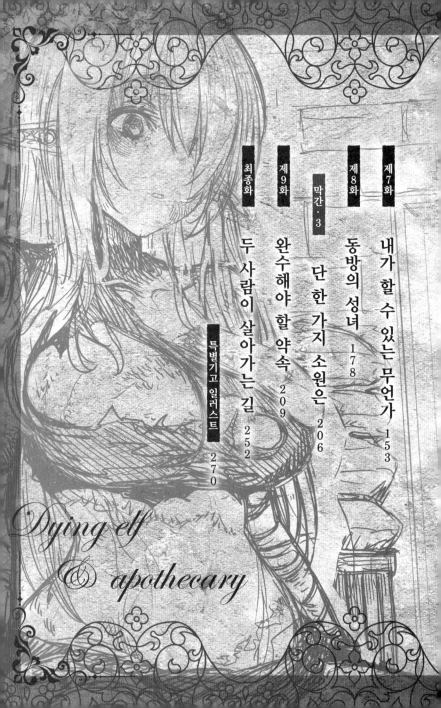

제7화 내가 할 수 있는 무언가 153

제8화 동방의 성녀 178

막간·3 단 한 가지 소원은 206

제9화 완수해야 할 약속 209

최종화 두 사람이 살아가는 길 252

특별기고 일러스트 270

Dying elf & apothecary

CONTENTS

서장 　어둠으로부터의 기도 004

제1화 　너덜너덜한 엘프 006

제2화 　약장수의 간호 028

제3화 　두 사람의 첫 번째 여정 060

제4화 　조난과 빛 077

막간·1 　텅 빈 손을 가진 청년 092

제5화 　리즈레의 결의 095

제6화 　가까워지는 거리 122

막간·2 　그것은 어느 하나의 과거 150

어둠으로부터의 기도

돌아가고 싶어
　　——돌아가고 싶어
집 으로 돌아가고 싶 어
　　——돌아가고 싶어
집 돌아가고 싶어
　　——아파…… 괴로, 워
돌아가고 싶어 돌아가고 싶어 돌아가고 싶어 돌아가고 싶어
　　——손가락도 팔도 다리도 눈도 입도 가슴도 등도 전부 다
집……
　　——아파아파아파아파아파……
나의 집
　　——이제 더는 싫어……
어디?
　　——여기는 어디지?
집 어디?
　　——새까매서 아무것도 보이지 않아
돌아가고 싶 어
　　——돌아가고 싶어
집
　　——집으로 돌아가고 싶어

나의…… 집
    ——하지만
집……
    ——하지만 더 이상 아무것도 보고 싶지 않아
집 으로 돌아가고 싶 어……
    ——더 이상 아무것도 떠올리고 싶지 않아……

당신과 만난 날을. 분명 저는 평생 잊지 않을 거예요.

***

산 너머에 있는 마을까지 나가서 장을 볼 때면 매번 짐이 크게
불어나곤 한다.

시골의 작은 마을에서 약장수 공방을 운영하는 나로서는 이런
곳까지 나오지 않으면 손에 넣을 수 없는 것이 너무나도 많다.
같은 촌락에 사는 지인이 겸사겸사 부탁한 물건도 있기 때문에
가능한 한 빨리 둘러볼 필요가 있다.

(자, 오늘은 어디부터 둘러볼까——.)

미리 써놓은 리스트를 바라보면시 거리를 긷고 있을 때었다.

"오. 약장수 씨 아닌가."

그렇게 말을 걸어온 것은 전당포 주인이었다. 전에 우연히 가
게 앞을 지나갔을 때, 허리를 다쳐서 설 수 없게 된 그에게 파스
를 나눠준 적이 있다. 그래서 고객이 아님에도 기억하고 있다.
「네에」 하고 고개를 끄덕이며 그쪽으로 발길을 돌렸다. 도대체
무슨 용무가 있는 걸까——고개를 살짝 갸우뚱하자, 짧게 묶은
뒷머리가 흔들렸다.

"무슨 일 있으세요? 또 허리라도 다치신 겁니까?"

"아니, 그게 아니야. 마침 좋을 때 왔어."

손짓을 받은 나는 가게 안으로 들어갔다. 다행히 마을에 온 지 얼마 되지 않아 아직 짐은 가벼웠다. 주인은 내가 가게에 발을 들여놓은 것을 확인하자, 그대로 안으로 들어갔다.

"용건이 뭐죠?"

"아니——당신이라면 그걸 활용해 줄 수 있을 것 같았거든. 잠깐 이리로 와주겠나?"

가게 안쪽은 상품 창고처럼 보였다. 의아해하면서도 앞으로 나아가니, 곤란한 표정을 한 가게 주인이 「사실 높으신 분께 성가신 걸 강요받아서 말이지」라며 문을 열었다.

떠다니는 먼지 때문에 코가 간지러웠다. 문밖에서 쏟아지는 빛은 공기 중의 티끌을 반짝반짝 빛나 보이게 했다.

그리고.

"……윽."

거기 있는 물건——아니. **있는 사람**을 본 나는 그만 말문이 막혔다.

금빛 머리. 비취색 눈동자. 속이 비칠 정도로 흰 피부와 가녀린 몸.

그건 엘프 소녀였다.

엘프는 숲에 사는 장수 종족으로, 영역 의식이 강한 탓에 좀처럼 밖으로 나오는 일이 없다.

애초에 80년 전에 일어난 전쟁을 계기로 대륙에 사는 다섯 종족은 서로에게 적개심을 품고 생활하고 있으며, 이루다인(인간)과 엘프도 결코 우호적인 관계라고는 할 수 없다. 심지어 이루다인 중에는 엘프를 노예로서 매매하는 상인이나 귀족이 있다는 소문도 돌았다.

전당포 주인도 별 감회 없이 「**이거**야」라고 했다.

"잔뜩 농락당하다가 버려진 엘프야. 해체하면 약의 소재가 된다고 하는데 그런 연줄은 없어서 말이지."

어때, 필요한가?

가벼운 어조로 묻는 그 말에 곧바로 대답할 수 없었다.

잠깐 봤을 뿐인데도 눈앞의 엘프가 형편없는 모습을 하고 있다는 것을 알 수 있었다. 찢어진 헝겊 같은 천을 두른 몸 곳곳에 생긴 깊은 상처와 붕대에 감긴 양손과 양발. 그녀는 방에 들어온 우리를 바라보는 일도 없이 그저 고개를 숙이고만 있었다.

"……잠시 실례."

살며시 무릎을 꿇은 뒤, 마력(마나)을 이용해 손끝을 밝혀 간단히 진찰하기로 했다.

붕대 위를 살짝 건드렸다. 보통의 피부에선 느낄 수 없는──찐득한 감촉. 아마 붕대 아래는 괴사가 진행되고 있을 것이다. 조심스레 손을 잡고 느슨해진 붕대 끝에서부터 손가락을 들여다보았다. 벗겨진 건지 손톱이 없고, 곪은 상처가 눈에 들어왔다.

심하게 부은 전신과, 볼록하게 부풀어 오른 채찍 자국──심지어는 누군가 상처를 도려낸 곳까지. 가슴 중앙에는 커다랗게 찢어져 너덜너덜해진 흉터가 비스듬한 모양으로 나 있었다.

나는 손가락으로 마른 입술을 살짝 밀어서 열었다. 어금니 이

외의 치아가 상실된 입안은 온통 검붉은 구멍뿐이었다.

더욱이 알 수 있었던 것은——지금 이렇게 빛을 비추고 있는 동안에도 빛에 의한 안구 반응이 없다는 것. 아마 시력도 잃었을 것이다. 애초에 왼쪽 안구는 **물리적으로 소실**되어, 어둡고 곪은 구멍이 자리 잡고 있었다.

새하얀 **뺨**에는 날카로운 칼날에 의해 상처를 입은 것처럼 보이는 큰 칼자국. 그것 말고도 얼굴 곳곳과 얇은 목덜미에 생긴 검푸른 멍이 폭력의 흔적으로서 강하게 새겨져 있었다.

이 얼마나 끔찍한 일인가.

"이봐…… 내 말 들려?"

놀라지 않게끔 가능한 한 목소리를 부드럽게 만들어 말을 걸자, 간신히 귀가 움직였다. 청력은 있는 것 같지만, 엘프의 특징인 길고 뾰족한 귀는 양쪽 모두 큰 구멍이 뚫려 있고, 구멍 주변은 검게 그을려 있었다. 마치 상당한 열을 지닌 무언가로 도려낸 것처럼.

'너무하군…….'

겉으로 보이는 상처만 해도 이 정도니, 장기 쪽도 만만치 않을 것이다. 만약 내가 처치나 보호를 하지 않으면 이 소녀는——.

'……응?'

아주 희미하게 목소리가 들렸다. 작게 들려오는 소리에 귀를 기울이자, 소녀가 더듬거리는 어조로 말하는 그 말의 의미를 간신히 이해할 수 있었다.

'집…… 집…… 돌아…… 싶어…….'

――집으로 돌아가고 싶어.

"……윽."

점주. 그리고 눈앞의 소녀가 없었다면 벽을 때리고 있었을지도 모른다. 그만한 분노가 배 깊은 곳에서부터 끓어올랐다.

아마 이 소녀는 의미도 없이 괴롭힘당한 뒤에, 엘프의 신체를 소재로 한 만능약 제조의 피실험자가 되었을 것이다. 그녀의 손상된 몸이 그것을 말해주고 있었다. 이런 **엉터리** 소문 때문에 「집에 가고 싶다」는 작은 소망이 그동안 몇 번이나 짓밟혔을까.

"어떤가? 필요 없으면 다른 사람을 찾아보지."

점주의 말투는 지극히 가벼웠다. 이 점주는 아마 **양심상** 약장수인 나에게 말을 걸었을 것이다.

――그녀를 약재로 원하지 않나? 라고.

전에 진 신세를 갚고 싶었을지도 모른다. 이 주인이 특별히 냉혹한 사람인 것은 아니다――많은 이루다인에게 있어서 엘프나 비세리아 같은 이종족은 그런 존재다. 음식을 먹거나 농사를 짓는 데 도움이 되는 소와 말을 더 가치 있는 생물로 여길 정도다. 이 소녀의 생명엔 도대체 얼마의 가격이 매겨진 걸까.

――구역질이 난다.

"맡겠습니다."

나는 분명하게 대답했다.

"다행히 약에 필요한 부위는 무사한 것 같네요. **수수료**도 많이 낼 테니, 은밀히 부탁드립니다."

점주는 어디까지나 「약의 재료」로서 그녀를 취급하고 있다. 그

11

렇다면 표면상으로도 그에 맞춰주는 것이 그녀를 위한 일이기도 하다. 불필요한 꼬투리를 잡히거나 이목을 끄는 것. 그것만큼은 될 수 있으면 피해야 한다. 치밀어 오르는 분노를 억누르고 지불을 마쳤다. 절차는 어이가 없을 정도로 빨리 끝났다.

"이야, 좋은 거래를 해서 다행이야. 노예 상점에 팔기는 싫고, 우리 집에서 죽어도 곤란하거든."

약속대로 수수료를 많이 지불해서 그런지, 가게 주인은 계속해서 말을 쏟아냈다. 실제로 팔리기도 전에 죽지는 않을까, 곤란하고 걱정스러웠을 것이다. 좋든 싫든 솔직한 가게 주인에게 「네에」라고 대답하며 적당히 고개를 끄덕였다.

쓸데없는 대화에 어울릴 여유는 없다. 될 수 있는 한 조치를 서두르고 싶다.

나는──그녀를 돕고 싶다.

나와 같은 이루다인에게 상처받은 그녀. 차별이라는 이름의 없어지지 않는 악습으로 인해 돌이킬 수조차 없게 된 그녀를 돕는다. 몸에 밴, 약사로서의 기술로.

그것이 내가 할 수 있는 최선의 일이며──일종의 **속죄**가 될 것 같다는, 그런 생각이 들었다.

"자네는 산 너머에서 왔지? 가도를 지나 돌아갈 거라면 마차를 부르겠나?"

"아, 아닙니다. 깨끗한 천 몇 장과 벨트나 마로 된 끈, 그리고 나중에 돌려드릴 테니 지게를 좀 빌려주세요."

점주는 느닷없이 「뭐어?!」라고 괴상한 목소리를 내더니 눈을 깜빡이며 나와 의자에 앉은 소녀를 번갈아 봤다.

"지게라니, 자네…… 그걸 짊어지고 돌아갈 생각인가?"

"네. 갈 길이 급해서요."

놀라기는 했지만, 가게 주인은 곧바로 말한 것을 건네주었다. 「되돌려주는 건 언제든 상관없어」라고 말하기까지 했다. 감사의 말을 하며 재빠르게 준비해 나갔다. 지게는 어디까지나 짐을 운반하기 위한 도구다. 그녀의 몸에 부담이 가지 않도록 앉는 부분과 등받이가 되는 뒤쪽에 부드러운 천을 깔았다. 이걸로 다소 충격이 줄어들 것이다.

"잠깐 실례할게요."

그렇게 엘프 소녀에게 말을 걸고, 마을로 향하는 동안 입고 있던 두꺼운 로브를 위에서부터 걸치게 했다. 튼튼한 것이 장점인 단단한 원단으로, 맨살에 입으면 그다지 느낌이 좋지 않을지도 모르지만 어쩔 수 없다. 밝은 금색의 가늘고 긴 머리와 엘프의 특징 중 하나이기도 한 비취색 눈동자, 그리고 몸이 너무 드러나는 복장. 이대로 거리로 나섰다가는 너무 많은 눈길을 끌고 말 것이다. 난 호기심으로부터 그녀를 보호하기 위해 후드를 푹 씌워 눈을 덮었다.

"으으……."

"몸이 떨어지지 않게 고정하는 겁니다. 무서운 일은 하지 않을 거예요."

그녀가 어디까지 이 말을 이해할까——알 수 없었지만, 가능한 한 말을 걸며 작업에 몰두했다. 당연히 반응은 없었다.

(이 상황을…… 어떻게 인식하고 있는 걸까.)

눈이 보이지 않는 그녀에게 있어서 몸에 닿는 감촉은 공포로 이어질 수 있다. 그러나 실제로 표정은 일절 변하지 않았으며, 거기에는 두려움도, 안도도 보이지 않았다.

(그렇구나.)

힘 조절을 신경 쓰며 고정용 천을 묶은 나는 이를 깨물었다. 어금니가 끼익, 하고 기분 나쁜 소리를 냈다.

(이 소녀는…… 물건으로 취급받는 일에 너무 익숙해진 거야.)

전당포를 나온 이후, 장보기는 최소한으로 마쳤다. 심부름을 부탁받은 물건은 사지 못했지만, 어쩔 수 없다. 지인에게는 나중에 사과하기로 하자. 어쨌든 지금은 서두를 필요가 있었다.

본래라면 취락과 마을의 왕래에는 산을 우회하는 가도가 이용된다.

그러니 산을 직접 넘는 편이 빠를 것이라 판단한 나는 그녀를 등에 업은 채, 산에 오르기 시작했다. 다행히 마물을 만날 염려가 적은 산이었다.

"다소 흔들릴지도 모르지만, 조금만 참으면 되니까요."

등 너머로 말을 걸었으나 물론 대답은 없었다. 그저 중얼중얼하는 작은 소리만 이어졌다. 나는 지게의 어깨끈을 다시 조이고, 산길을 걷기 시작했다.

일정한 보폭과 페이스로 완만한 경사를 나아갔다. 산은 고요하고, 이따금 바람이 불면 땀에 젖은 피부가 시원해져서 기분이 좋았다. 발걸음을 내디딜 때마다 땅에 떨어져 쌓인 나뭇잎이 바스락바스락 경쾌한 소리를 냈다.

마을을 빠져나온 것은 정오가 조금 지났을 무렵이었으므로 오늘 중으로 공방에 도착하기는 힘들 것이다. 서두르고는 있지만 결코 무리해서는 안 된다.

등 뒤에 있는 소녀의 몸에 부담을 주지 않기 위해서라도 휴식은 필요하다. 계속 지게에 묶인 채로는 울혈이나 혈전을 일으킬 수 있다. 가뜩이나 상처투성이인 그녀를 이 이상 괴롭게 하고 싶진 않았다. 나는 쉬엄쉬엄 길을 나아갔다.

(──슬슬 해가 저물겠어.)

그렇게 깨달은 것은 산꼭대기 부근까지 도달했을 때였다. 주위의 경치가 주홍빛으로 물들며, 먼 하늘에서부터 어두워져 갔다.

(여기까지 왔으니, 아침에 출발하면 점심 전에는 도착할 수 있으려나.)

지금처럼 어두울 때, 큰 짐을 짊어진 상태로 길을 재촉하는 것은 큰 사고로 이어질 수 있다. 약간 트인 장소를 찾은 나는 그곳에 지게를 내렸다.

"천, 벗길게요."

벌써 몇 번째일지 모를 말을 걸며 고정을 풀었다. 혼자서는 설 수 없는 그녀를 살며시 안아 올리자, 엘프의 특징인 가녀린 골격이 도드라지며 몹시 가볍게 느껴졌다.

"응…… 아아…… 돌아, 가…….."

"오늘은 여기서 쉬죠. 지금 바로 식사를 준비할게요. 잠시만 기다려 주세요."

두꺼운 나무뿌리에 앉힌 뒤에도 그녀는 여전히 표정이 없는 멍한 얼굴을 하고 있었다. 그래도 전당포의 창고에 있을 때보다는 훨씬 나아 보였으니 신기할 노릇이었다.

(엘프는 예로부터 깊은 숲속에 살았다고 했지……. 그 때문일까.)

냄비를 빙글빙글 휘저으며 쓸모없는 일에 생각을 기울였다. 그랬더니 어쩐지 무표정한 얼굴이 전보다 누그러져 보이는 것 같기도 했다.

냄비와 함께 미리 챙겨두었던 쌀과 고구마, 계란에, 마을에서 구입한 소금과 향료를 더해 푹 삶았다. 죽이라고 부를 수 있을 정도로 제대로 된 음식은 아니지만, 저 입으로는 제대로 씹기도 어려울 것이다.

최대한 부드럽게, 그대로 삼켜도 문제없을 정도의 부드러움을 목표로 했다.

부글부글 끓이니 소녀가 코를 킁킁 울렸다. 냄새를 맡고 있을지도 모른다. 지금으로서는 영양 상태가 극단적으로 나빠 보이지는 않았다. 기아 상태에 빠진 신체에 갑자기 영양을 보급하면 오히려 위험해질 수 있지만, 다행히 안심하고 먹일 수 있을 것 같다.

"식사입니다. 천천히 먹어도 괜찮으니까요."

접시에 덜어낸 죽을 수저로 떴다. 쌀이나 고구마의 형태는 거

의 남아 있지 않고, 끈기만 느껴졌다. 이거라면 잘못 삼킬 염려
도 적다. 김이 나고 있었기 때문에 빙글빙글 휘저어 살며시 입 근
처로 옮겼다. 수저 끝이 입가에 닿자, 소녀는 작게 입을 열었다.
그곳으로 죽을 살짝 부어 넣었다.

"후…… 읍."

"괜찮아요? 아직 뜨겁나요?"

엘프 소녀의 눈에 눈물이 차올랐다. 식히는 게 부족했던 걸
까? ——다만 입이 여전히 오물오물 움직이는 걸 보면 음식을
삼킬 수는 있었던 것 같다. 상황을 살피며 이번에는 더 조심스
레 식히고, 또다시 한 입.

"……맛있어요?"

물론 대답은 없었다. 하지만 소녀는 계속해서 죽을 먹었다.
제대로 식사를 했다. 이는 소녀를 만나고 처음으로 느끼는 기쁨
이었다. 그러나 장기——특히 소화기관은 아직 걱정됐으므로
일단은 두고 볼 필요가 있었다.

"오늘은 이 정도로만 하기로 해요."

접시의 반 정도가 비었을 때, 소녀에게 그렇게 말하며 부드러
운 천으로 입가를 닦아 주었다. 깜빡임이 적은 비취색의 커다란
눈동자에서 흘러나온 또 한 방울의 눈물이 땅으로 떨어졌다.

빨리 조치를 취해야 하는데——그 불안이 적중한 것은 그날
밤의 일이었다. 해가 완전히 지고, 어둠이 깔린 숲속에서, 소녀
는 신음하기 시작했다. 하아, 하아, 하고 얇은 숨을 쉬는 소녀의

뺨을 만지자 이상한 뜨거움이 느껴졌다.

"아…… 아아……."

(열인가.)

그것도 상당한 고열이었다. 열 자체가 신체에 치명적인 손상을 입히는 경우는 적지만, 안 그래도 허약한 소녀의 몸에 극심한 피로가 쌓일 것이다. 무엇보다 열이 오르는 원인을 생각해야 한다. 이건 어떤 이상 사태가 일어나고 있다는 증거이기도 했다.

(피로 그 자체가 원인인가……. 그게 아니면…… 상처가 이렇게 심하니 염증이 생겼거나, 잡균에 의해 장기가 감염되었을 가능성도…….)

관찰하면서 이를 꽉 깨물었다. 산속에서 할 수 있는 일은 한정되어 있다. 게다가 나는 약장수일 뿐, 의사가 아니다.

(최악의 경우…… 손발을 절단해야 할지도 몰라.)

그녀가 입은 상처 중에서 가장 심각한 것은 사지의 괴사다. 만약 감염이 일어나고 있다면 그게 원인이 되었을 가능성을 버릴 수 없다.

"어쨌든 대증요법이라도 할 수밖에 없어."

해열과 항균. 이 두 가지를 목표로, 가지고 있는 재료와 산에 자생하는 식물을 사용하여 약을 조합하기로 했다. 해열, 진통, 소염 작용을 기대할 수 있는 접골목과 마찬가지로 해열 작용이 있는 보리지가 근처에서 발견된 것은 다행이었다. 곱게 다져서 달인 잎에 마충석(마나 쿼츠)을 분말로 만들어 첨가했다. 그러나 걸쭉하고 탁한 액체는 그대로는 도저히 마실 수 있는 맛이 아니었다.

(벌꿀을 넉넉히 섞을까⋯⋯. 그리고 소금도.)

소금기가 꿀의 단맛을 더욱 끌어올려 줄 것을 기대하며 골고루 섞었다. 어느 정도 마시기 쉬워졌을 것이다.

"으음⋯⋯ 흐, 읍⋯⋯."

"미안해요. 괴롭겠지만 이걸 드세요."

소녀의 상반신을 부축하여 일으켜 세웠다. 손이 닿은 등은 뜨겁고, 축축하게 젖어 있었다. 입가에 수저를 살짝 가져다 대자, 죽을 먹을 때와 마찬가지로 삼켜 주었다. 아무리 단맛을 냈다고 한들 도저히 먹을 만한 게 못될 것이다. 그녀가 잘못 삼키지 않도록 신경을 쓰며 약을 입안에 흘려 넣었다.

"으읍."

"괜찮아요. 천천히⋯⋯ 천천히."

(이걸로 조금은 나아졌으면 좋겠는데.)

약을 다 먹은 그녀에게 수분을 더 보충해 준 뒤 살짝 눕혔다. 땀을 닦아주니, 후우, 후우, 하고 숨을 헐떡이며 작은 신음을 냈다. 잠꼬대인 걸까.

"집⋯⋯ 은, 어디⋯⋯?"

"⋯⋯분명 돌아갈 수 있어요. 그걸 위해서라도 푹 쉬세요."

과거, 지인이 열이 오른 딸의 이마를 살짝 쓰다듬던 모습을 떠올리며 따라 해 봤다. 이마가 뜨거웠다. 분명 두통도 심할 것이다. 온몸이 아파서 고통스러울지도 모른다. 안심할 수 있는 장소와 사람들의 품으로 돌아가고 싶겠지.

한동안 가위에 시달리던 엘프 소녀는 지쳐버렸는지 이윽고 잠들어 버렸다.

(「분명 돌아갈 수 있어요」라니.)

무책임한 말이었을지도 모른다. 하지만 돌려보내 주고 싶다. 어린아이처럼 잠든 그녀를 보고 있으면 더욱 그런 생각이 강해졌다.

그녀를 집에서 떼어놓고, 이런 꼴을 당하게 만든 것은 이루다인이다. 나에게 있어서 종족이란, 신체적 특징과 문화 차이 정도의 의미만을 지니고 있지만——그렇지 않은 사람은 많다. 그야말로 전당포 주인처럼 악의조차 없을 것이다.

그녀에게 상처를 준 것은 그중에서도 특히 악질적인, 다른 종족을 사람으로 여기지 않는 누군가다.

"사람을 사람으로 여기지 않는다, 라…….""

발이 무거워진다. 그늘에서부터 기어오르는 여러 개의 팔. 그것들이 발을 붙잡고, 결코 떨어지려 하지 않는다. 푸욱, 푸욱, 하고 끌어들이려 한다. 그 깊고 컴컴한 어둠 속으로.

"——읏."

파직, 하고 불이 튀는 소리에 놀라 눈을 떴다. 모닥불의 등불이 비추는 것은 지게와 짐, 사용이 끝난 냄비, 그리고 자신과 누워 있는 엘프 소녀다.

때때로 멀리 있는 짐승이 풀을 밟는 소리가 바스락바스락 들려올 정도로 고요한 밤이었다.

"꿈인가…….""

눈가를 누르고 숨을 한 번 쉬었다. 꽤 지쳤을지도 모른다. 하지만 내일부터 진행할 처치에 대해 생각해야만 한다.

소녀의 호흡은 평온했다. 살짝 이마에 손을 얹자 열도 가라앉고 있었다. 볼에 붙은 머리를 손끝으로 떼어주었다. 그 뺨의 부드러움 때문일까, 일순간 가슴이 조이는 기분이 들었다.

(약…… 효과가 있었던 것 같아.)

다행이다. 물론, 조금 전 사용한 약으로 완치될 리는 없으므로 공방에서 좀 더 본격적인 치료와 진료를 해야 할 것이다. 아마 장기간에 걸친 보살핌이 되겠지.

그럼에도.

(그래. 돌려보내야 해……. 이 소녀를 가족의 품으로.)

집에서 벗어나 타 종족으로부터 물건처럼 유린당한 소녀를. 몸도 마음도 너덜너덜해졌지만, 「돌아가고 싶다」라는 유일한 소원만을 품고 있는 이 소녀를.

"응……."

소녀가 조그맣게 잠꼬대했다. 나는 다시 한번 그 이마를 쓰다듬은 뒤, 땀이 남아 있는 부분을 천으로 살짝 닦아주고 나서 자리에 누웠다.

눈을 감자 어둠이 눈앞에 내려왔다. 그 깊은 어둠이 다시 몸에 달라붙어 오는 것 같아, 나는 살며시 몸을 뒤척였다.

세 시간 정도 지났을까? 가까이에서 들리는 새소리에 눈을 뜨니, 하늘이 하얗게 변하기 시작하고 있었다. 폐로 들어오는 공기가 어젯밤보다 차갑게 느껴졌다.

"새벽인가……."

아침으로 어제 남은 죽을 먹은 뒤, 곧바로 출발할 생각이다. 문득 옆을 바라보자, 엘프 소녀가 어렴풋이 눈을 뜨고 있었다. 시력이 없으므로 무언가를 바라보는 것은 아닐 것이다. 소녀는 그저 눈을 열고 천천히 눈 깜빡임을 반복했다.

"안녕히 주무셨어요? 몸을 일으켜 드릴게요."

나는 소녀의 몸을 천천히 나무에 기대어 주었다. 다행히 어젯밤 내린 열이 다시 오르는 일은 없었던 모양이다.

일단은 마음이 놓였다.

"배고프시나요?"

"……."

물론 대답은 없다. 그럴 거라고 예상했다. 그러나 앞으로 치료를 진행하기 위해서라도 어떠한 반응을 끌어내기 위한 계기가 필요하다.

"커, 컨디션은 어때요?"

"……."

이해는 하지만 조금 쌀쌀맞다는 생각이 들었다.

어떻게 해야 좋을까. 팔짱을 꼈다.

이 소녀의 소원. 「집으로 돌아간다」──그걸 이루기 위해서 해야 할 일. 내가 할 수 있는 일. 그건 역시 그녀가 **원래의 생활과 한없이 가까운 일상을 되찾도록** 치료하는 것이다.

물론, 지금 상태를 봐서는 이전처럼 되돌리는 것은 어려울지도 모른다. 아는 의사에게도 연락을 취해야만 한다. 해야 할 일은 많다. 분명 오랜 기간 상당한 수고를 들여야 하겠지.

(그럼에도.)

나는 심호흡을 한 번 한 뒤, 새삼스럽게 소녀와 마주했다. 아무것도 포착하려 하지 않는 눈동자에 자신의 모습을 비췄다.

"……너는 지금 심하게 상처를 입었어. 몸은 물론이고, 마음 깊은 곳까지. 네가 원래 어떤 소녀였는지 지금의 나는 알 수 없어. 그래서──내 소망을 담아 너에게 별명을 붙일 거야."

그것은 고육지책이긴 했다. 집도 존엄도 빼앗긴 그녀에게서 이름까지 빼앗아 버리는 것 같은. 그런 양심의 가책이 없었던 것은 아니다.

그러나 장기적인 관계가 예상된다면 어떤 호칭은 필요했고, 어쩌면 그것이 그녀에게 어떤 자극이 되어줄지도 모른다고 생각했다.

(내가 이 소녀에게 바라는 것은 단 한 가지.)

붕대를 감은 손을 살짝 잡았다. 푹 곪은, 상처투성이의 자그마한 손.

아무것도 느끼지 않을지도 모른다. 아무것도 보이지 않을지도 모른다. 어쩌면 내가 하는 말 따위, 들리지 않을지도 모른다.

그럼에도.

"리즈레(부활)──이 이름대로 너를 치료할 거야. 그렇게 약속할게."

──바람이 눈앞에 있는 소녀의 머리를 쓰다듬었다.

별명을 지었다고 해서 그 이름이 그녀에게 들리는지는 알 수 없다. 진짜 이름을 알게 되는 날이 올 정도로 회복할 수 있을지……. 그것도 실제로는 미지수다.

그러나 약속을 한 이상, 포기할 수 없다. 조금씩이라도 한 걸음 한 걸음──나아갈 수밖에 없다. 그녀와 함께.

소녀가 그 얼굴에 미소를 띠는. 그런 날들을 목표로.

"……집…… 돌아…… 가고, 싶어……."

반복되는 잠꼬대에 고개를 끄덕이고 천천히 손을 놓았다. 기분 탓일지도 모르지만──손이 멀어지는 그 찰나의 순간, 소녀가 손끝을 가볍게 쥔 듯한, 그런 느낌이 들었다.

꺼진 모닥불에 불을 붙이고 죽을 데웠다. 공방이 있는 마을까지는 앞으로 반나절 정도. 그녀에게 한 약속을 지키기 위해서는 얼마나 많은 날들이 필요할까. 앞으로 해야 할 일들을 머릿속으로 다시 리스트업 하면서, 지글지글 소리를 내기 시작한 냄비를 휘저었다.

"──다 됐어요, 리즈레 씨. 아침을 먹죠."

볼 수 없는 그녀에게 웃으며 말을 걸었다.

나와 리즈레의 **투쟁**의 나날은 이렇게 시작되었다.

너덜너덜한 엘프씨

Dying elf X &apothecary

행복 하게 하는 약장수씨

너덜너덜한 엘프씨
Dying elf ✕ & apothecary
행복하게 하는 약장수씨

제2화 약장수의 간호

산기슭의 강가를 따라 내려가, 공방이 있는 마을에 도착한 것은 예상대로 점심 전이었다.

"도착했어요, 리즈레 씨. 여기가 오늘부터 살 곳이에요."

마을이라 부르기에는 작은 취락. 나는 그 한쪽 구석에서 약을 취급하는 공방을 운영하고 있다. 거주자는 적지만, 마을에서 마을로 이동하는 보따리상들이 들러 상품인 약을 취급해 주는 경우가 많았다. 덕분에 혼자 사는 데 곤란하지 않을 정도의 수입은 있었고, 딱히 쓸 곳도 없는 탓에 그럭저럭 저축도 해뒀다.

"웃…… 아…… 집……."

"그래요, 새로운 집이에요. 우선 목욕부터 할까요?"

학대받고 있던 리즈레의 위생 상태가 나쁜 것은 분명했다. 사지를 감은 붕대도 언제 갈았는지 알 수 없었다. 이상한 냄새가 나지 않는 것이 신기할 정도였지만, 엘프의 체질 때문일지도 모르고, 그것을 단언할 수 있을 정도로 엘프에 대해 자세히 아는 것은 아니었다.

공방에 있던 커다란 나무통에 끓인 물을 부었다. 보이지 않는 상태에서 갑자기 뜨거운 물에 닿으면 놀랄 수도 있기에, 기분이 진정되고 나서 몸을 씻기기로 했다.

"——앗."

문득 어떤 사실을 깨달았다. 마을에서 장을 봤을 때, 워낙 서

28　너덜너덜한 엘프 씨를 행복하게 하는 약장수 씨

둘렀던 나머지 리즈레의 새 옷을 사는 것을 잊고 말았다. 지금 입고 있는 내 로브는 거의 헝겊이나 다름없는데…….

"잠깐 나갔다 올게요. 잠시만 기다려 주세요, 리즈레 씨."

말을 걸어도 여전히 반응은 없지만 지금은 별문제 없다. 나는 정원에서 자라는 당근과 약초, 그리고 어젯밤 산에서 만든 해열 진통제의 일부를 바구니에 담아서 서둘러 근처 지인의 집으로 향했다.

문을 두드리자 곧바로 안에서 「네——!」 하고, 높고 밝은 목소리가 들려왔다.

"약방입니다. 부탁이 있어서……."

"앗, 약 아저씨다!"

타박타박 가벼운 발소리가 가까워지며 문이 열렸다. 이 집에 사는 소녀, 모네다. 아이는 엄마를 닮은 검은 긴 머리를 하나로 묶고, 기대에 부푼 눈으로 날 올려다봤다.

"아저씨, 부탁한 과자 사 왔어?!"

"미안해. 사실 급한 일이 생겼거든——."

내 허리보다 낮은 곳에 있는 소녀와 시선을 마주하기 위해 몸을 구부리고 있자니, 안쪽에서 「모네!」 하고, 부르는 소리가 들려왔다.

"**선생님**은 일 때문에 마을까지 갔다 오신 거니까 제멋대로 굴면 안 된다고 했지?"

"하지만——마을의 과자는 좀처럼 맛볼 수 없는걸."

안에서 나온 것은 모네의 어머니이자, 내 지인이며 「이웃」인

아내였다. 잔뜩 부풀어 오른 딸의 볼을 「요놈」 하고, 가볍게 찌른 아내는 쓴웃음을 지은 얼굴로 이쪽을 바라봤다.

"미안해. 피곤할 텐데."

"아니야. 실은 부탁이 있어서."

내가 바구니를 내밀자, 아내가 입가에 미소를 띤 채 고개를 갸웃거렸다. 심지가 곧아 보이는 눈동자가 살짝 빛나더니, 두건을 두른 머리가 사라락 흔들렸다.

"별일이네. 선생님이 나한테 부탁을 다 하고."

이게 뭐야~, 라며 손을 뻗는 모네를 재빨리 돌려보낸 아내에게 「실은」 하고 세세한 이야기를 숨기며 사정을 설명했다.

"——그렇구나. 그 새로운 환자의 옷이 필요하다는 거지?"

"네. 물론 헌 옷이라도 상관없어요. 좀 받을 수 있을까요?"

"물론이야. 잠깐 기다려."

아내는 흔쾌히 고개를 끄덕인 뒤, 방으로 들어갔다. 그러더니 곧바로 커다란 자루를 가지고 나왔다.

"여기. 끈으로 사이즈를 조절할 수 있는 옷을 골랐어."

"고마워요."

고개를 숙이고 서둘러 집으로 돌아오자, 리즈레는 집을 나서기 전과 다름없이 의자에 앉아 있었다. 목욕물은 딱 좋은 온도로 내려가 있었다. 「오래 기다리셨어요」라고 말하며 리즈레를 부축해 욕실로 옮겼다.

"몸을 씻어야 해서요. 한 번 벗길게요."

말을 걸며 로브를 벗긴 뒤, 대형 타월을 목 근처에서 묶어 앞치마처럼 둘렀다. 목욕 자체는 환자에게 필요한 조치이기 때문에 어쩔 수 없지만, 가능한 한 안 좋은 기억을 만들어주고 싶지 않았다. ──그러나 엉망진창인 속옷을 벗길 때조차 리즈레는 아무런 반응도 하지 않았다.

(설마 그 정도로 심한 일을 당한 걸까.)

안 그래도 심한 상처를 입었다고 생각하고 있었건만. 몸을 씻기자 하얀 피부가 돋보이며 상처가 마치 악의의 덩어리처럼 짙게 떠올랐다.

특히나 심각한 건 등 쪽이었다. 깊이 파인 상처는 서로 겹치며 몇 개나 되는 형벌의 흔적을 그렸다. 목덜미에 보이던 울혈 자국은 목 주변을 빙 두르고 있었는데, 어지간히 강한 힘으로 소녀를 묶어뒀을 거라는 걸 짐작하게 했다. 그 자국이 마치 인간의 손가락처럼 보여 혐오감이 들었다.

그녀가 얼마나 심한 일을 당했는지──그 일부분을 엿본 것 같다는 생각이 든 나는 무심코 얼굴을 찌푸리고 말았다.

(젠장…….)

이러면 안 돼. 냉정해지자. 필요한 것만 생각하는 거야. 그래, 이다음에 바를 상처약의 제조법이 좋겠어.

목욕을 빠르게 끝내고, 몸을 감싸듯 물기를 닦아냈다.

포근포근한, 집에 있는 것 중 가장 부드러운 타월을 골라 왔다.

사지에 생긴 상처는 다른 곳에 난 상처와 그 종류가 달라 보였기 때문에 먼저 붕대를 감기로 했다. 그러나 그사이에도 치밀어 오르는 분노로 인해 손이 떨려왔다. 도대체 어떤 놈이 이런 짓을 한 걸까……. 도무지 분노가 가시지 않았다.

몸을 청결하게 한 이후, 수건으로 감싼 소녀를 그대로 환자용 침대로 옮겼다. 우선 외상부터 대응해 나가자. 비축되어 있던 약초 유래 연고를 전신의 상흔에 넉넉하게 발라, 거기에 갈리아 잎을 빈틈없이 덮어 피부 치유를 촉진했다. 상처와 연고가 마르는 것을 방지해야 했으므로, 그 위에 슬라임의 체액에 담근 파스를 덧붙였다.

(교체는 사흘에 한 번이면 되려나…….)

묵묵히 작업에 열중했던 덕분인지, 분노에 휩싸였던 감정은 어느새 진정돼 있었다. 문득, 누워 있던 리즈레가 작은 숨을 몰아쉬는 모습이 눈에 들어왔다.

"……이 사람이 이런 곳에서 잠드는 건 며칠 만일까."

어쩌면 겨우 공포에서 벗어났는지도 모른다. 조금 보답받은 기분이 들어 기뻤다.

(……아니, 아직 멀었어. 이제부터다.)

깨우지 않도록 조심하며 그녀의 몸에 담요를 덮어주고 일단 그곳을 벗어났다. 향한 곳은 부엌이다.

식재료를 대충 훑어본 뒤, 집을 비운 사이에 딱딱해진 빵과 조금 전에 수확한 당근, 마을에서 산 향신료, 그리고 소량의 보존용 베이컨을 잘게 다져 수프를 끓였다. 달걀을 풀어 부어주면 영양적으로는 충분하다. 냄비에서 익힌 베이컨의 기름기를 머금은 짭짤한 향이 났다.

그것을 접시에 옮겨 담아 방으로 가져가자, 리즈레가 짧은 잠에서 깨어났다. 최근 들어 쌀쌀한 계절이 찾아왔다. 몸이 약해진 지금, 감기라도 걸리면 큰일이다.

"옷을 입죠."

"응─…."

몸을 일으켜, 아네가 준 옷을 입혀줬다. 프릴이 달린 블라우스는 고정핀이 앞쪽에 달려 있어 옷을 입힌 채로도 처치가 가능해 도움이 될 것이다. 그 위에 입는 조끼는 가슴 앞 끈으로 조임 정도를 조절할 수 있어 확실히 편리해 보였다. 부드럽고 산뜻한 감촉의 원단으로, 내가 마을에서 입힌 로브와는 비교가 되지 않았다. 하얗고 깨끗한 롱스커트는 착용감이 넉넉할 것이다.

"응? 이건……."

옷과 함께 여성용 빗이 들어 있었다. 아네가 눈치껏 넣어줬겠지. 그걸로 리즈레의 머리를 빗었다. 한 올 한 올 명주실처럼 가늘고 찰랑이는 머리칼이 빗 사이로 흘렀다.

청결하게 씻기고 몸가짐을 정돈해 주자, 여기 왔을 때와는 그 모습이 꽤 달라 보였다. 이렇게 보니, 사람 나이로 치면 스무 살이거나 그보다 조금 아래라는 것을 알 수 있었다. 엘프는 장수 종족이기 때문에 실제 나이는 적어도 그 곱절 이상이겠지만, 다소 천진한 모습을 남긴 그 얼굴에서는 그녀가 본래 지니고 있던 아름다움이 느껴졌다. 빗에 스며든 모발용 기름 때문인지, 꽃이 만개한 것 같은 달콤한 향이 났다.

"다행이야……. 식사를 준비해 왔으니 어서 드세요."

하품을 참으며 가져온 죽을 수저로 떴다. 옷을 갈아입히는 동안 딱 적당한 온도로 식어 있었다.

"……읏, 으응."

"……?"

작은 신음. 문득, 리즈레가 떨고 있다는 것을 깨달았다.

"춥나요? 그게 아니면 열이라도……? 아앗."

말하던 도중 알아차렸다.

그녀는 요 이틀간 화장실에 전혀 가지 않았다.

나는 황급히 리즈레를 안고 볼일을 보게 했다.

(그건 그렇고, 대단한 인내심이야…….)

어쩌면 장수 종족인 엘프는 대사에 있어서 인간과 차이가 있을지도 모르지만, 그래도 대단하다고 할 수밖에 없었다. 감정이 없다──그렇게 생각했지만, 실수를 저지르는 것에 대한 수치심이나 이성 같은 것이 남아 있을지도 모른다.

(그런가. 희로애락은 없어도…… 생리적인 것과 관련된 감성은 쉽게 사라지지 않는 걸지도.)

그렇다면, 언제까지고 액체로 된 식사를 줄 수는 없다. 그러나 남아 있는 치아는 어금니뿐……. 역시 방법은 틀니밖에 없나? 만약 그걸로 씹을 수 있게 된다고 하더라도 처음부터 걱정됐던 내장 손상이나, 손발의 괴사가 신경 쓰였다.

무사히 용무를 마친 그녀를 안아 들고 침대로 돌아갔다. 자신의 발걸음이 다소 위태롭다는 생각이 들었다. 리즈레가 무거운 것은 아니었다. 오히려 팔 안의 그녀보다는 자신의 두 눈꺼풀이 훨씬 무겁고 성가시게 느껴졌다. 사고도 어쩐지 둔했다.

(그러고 보니, 대사라고 하면…… 급격한 대사에 의한 수명 감소를 대가로 육체의 물리적인 회복을 가능하게 하는…… 그래, 맞아.)

——하이 포션.

그거야말로 엘프의 육체를 재료로 한 약과 마찬가지로 꿈같은 이야기에 가깝지만——확실히 존재한다고 말했던 것은 의사인 옛 지인이었다.

리즈레를 침대에 살짝 내려놓았다. 도중에 힘이 빠져서 바닥에 떨어뜨리지 않았음에 진심으로 안도했다. ——그러나 이번에는 다리에 힘이 들어가지 않았다.

(목표는 하이 포션의 정제…… 인가. 그거라면 리즈레 씨의 눈이나 손발도…… 하지만 지금 이곳의 설비와 내 지식으로는…… 아니.)

무슨 방법이 없을까——.

손을 뻗었다. 사고를, 의식을 끌어당기듯이.

그러나 그것마저 꿈이었을지도 모른다——내 의식은 거기서 끊어졌다.

＊＊＊

정신을 차려보니, 하늘이 희었다.

"잠들었구나……."

잠든 순간의 기억이 전혀 없었다. 딱히 놀랄 일은 아니었다.

어제는 세 시간 정도의 선잠밖에 못 잤고, 그 전에는 산길을 올랐으니 체력의 한계가 찾아온 거겠지. 마룻바닥에서 잠들어 버린 탓에 온몸이 굳어 있었다.

창문 밖 경치를 바라봤다. 해가 뜨기 시작한 지 얼마 되지 않은 것 같았다――몸을 일으킬 무렵, 가까이에서 리즈레와 눈이 마주친 나는 순간적으로 오싹한 기분이 들었다.

"조…… 좋은 아침이에요!"

설마 환자 침대 옆에서 잠들어 버렸을 줄이야. 왠지 모르게 미안한 마음이 들었다.

눈이 마주쳤다곤 해도, 리즈레에게 이쪽의 모습은 보이지 않을 것이다. 나보다 일찍 깨어난 듯한 그녀는 자신이 현재 어디에 있는지 몰라 안절부절못하며 주위를 신경 쓰는 것처럼 보였다.

"읏……."

(뭐, 리즈레 씨 입장에서는 자신이 처한 상황을 파악하기 어렵겠지.)

그러나 멍하니 있었던 어제에 비하면 좋은 징조라고 할 수 있을지도 모른다. 그렇게 관찰하고 있자니, 꼬르륵, 하고 작은 소리가 들려왔다. 그와 동시에 내 배에서도 꼬르르륵, 하고 큰 소리가 울렸다.

"……."

"…………."

아주 짧은 순간, 눈조차 마주치지 않았음에도 뭔가가 통한 것 같다는 느낌이 들었다. 무심코 폭소하며 자리에서 일어섰다.

"아침을 먹을까요?"

곰곰이 생각해 보니, 이틀째 죽만 먹고 있었다. 어젯밤에도 잠깐 고민한 일이긴 했지만, 소화가 빠른 만큼 부족한 부분이 있을 것이다. 물론, 맛이나 식감도.

그런 생각에 잠기며 밭에 괭이를 휘둘렀다. 푸욱, 하고 땅을 파자, 안에서 지렁이가 꿈틀꿈틀 튀어나왔다. 흙을 윤택하게 해 주는 소중한 존재다. 지렁이를 내려치지 않도록 조심하며 다시 한번 괭이를 치켜들었다.

——약을 만드는 데 있어서 소재의 조달 방법은 여러 가지가 있다. 나는 그중에서 재배를 메인으로 하고 있다. 어제까지처럼 집을 비울 때를 제외하고는 밭 손질은 최대한 거르고 싶지 않다.

(리즈레 씨, 괜찮으려나.)

새로 씨를 뿌리는 곳의 흙을 모두 파내고 난 뒤, 턱에 흘러내리는 땀을 손등으로 훔쳤다. 공방 쪽으로 살짝 눈을 돌리자, 발코니에서 일광욕을 하는 리즈레의 모습이 보였다. 그녀는 흔들거리는 안락의자에 앉아 불쑥 이쪽을 바라보는 듯한 눈을 하고 있었다. 코를 씰룩이며 약간 살랑이는 바람을 맡기도 했다.

향기와 기억은 쉽게 결합한다고들 한다——그래서일까. 갑자기 고향이 떠올랐는지도 모른다. 그녀의 오른쪽 눈에서 눈물이 주르륵 흘렀다. 조용한 정원에 흐느끼는 소리가 울려 퍼졌다.

"흐…… 윽, 으윽…… 흑, 읍, 흡…….."

(——무슨 일이지?)

그 눈물의 이유를 알 방법은 없지만──육체적인 상처는 차치하더라도, 깊은 곳까지 파인 마음의 상처를 치유하는 데 과연 내가 얼마나 도움이 될 수 있을까.

아무리 그녀에게 친절하게 대해도──나는 인간 이성(상처 입힌 쪽과 동류)이다.

"큭."

괭이를 밭에 내리쳤다.

적어도 내가 할 수 있는 일을 해야 한다. 더 이상 그녀가 상처받지 않을 방법을 떠올리고, 생각해 내야 한다──.

"아저씨, 안녕─!"

일을 끝낼 무렵, 모네가 찾아왔다.

"안녕. 배달을 도와주는 거니?"

"아니지롱! 오늘은…… 에헤헤."

괭이를 놓고 가게 문을 열면서 묻자, 모네는 우물쭈물하며 몸을 흔들었다. 그러더니 리즈레를 보곤 파앗, 하고 얼굴을 빛냈다.

"우와…… 정말 있네! 환자 언니!"

아무래도 호기심 때문에 놀러 온 것 같다. 쓴웃음을 지으며「리즈레 씨야」라고 하자, 모네는「리즈레 언니!」라고 고쳐 말했다.

"아저씨, 리즈레 언니랑 얘기해도 돼?"

"음……? 아아, 그래. 마음대로 하렴."

가게 쪽도 그렇게 붐비는 일은 없으니, 다른 손님에게 폐가 되진 않을 것이다. 게다가 나 이외의 사람과의 교류가 리즈레에게 있어서 좋은 자극이 될지도 모른다는 기대도 있었다.

나는 가게를 보며 가지고 있던 자료를 펼쳐 앞으로의 일을 위한 기록에 열중했다. 현재 리즈레가 처한 상황에서 시도해 보고 싶은 것이 몇 가지 있었다.

(임시방편이 얼마나 도움이 될지⋯⋯. 뭐, 그래도 아무것도 안 하는 것보다는 나을 거야.)

"있잖아, 아저씨. 리즈레 언니는 왜 아무 말도 안 해?"

"응? ⋯⋯그렇구나. 아마 수다를 떨고 싶다고 생각할 계기를 찾는 중이라 그런 게 아닐까?"

이런 어린아이에게 리즈레가 당한 일을 말할 수는 없었으므로 그런 식으로 대답하고 말았다. 그렇다고 해서 적당히 꾸며낸 말은 아니었다. 나는 리즈레의 마음에 닿을 만한 무언가가 있지는 않을까, 하는 기대를 품고 있었다.

"아저씨, 이것 좀 봐!"

또다시 날 부르는 목소리에 시선을 돌리자, 모네가 「짠!」 하고, 리즈레를 가리켰다. 그녀의 머리에는 백결초를 비롯한 작은 꽃을 엮어 만든 아기자기한 관이 씌워져 있었다. 보이지는 않아도 느낄 수는 있었던 모양인지, 리즈레도 시선을 위로 향했다.

"손재주가 좋구나. 아주 예뻐."

"엄청 예쁘지? 리즈레 언니는 아저씨의 신부야."

순진무구한 미소로 그런 당돌한 말을 하다니. 나는 그만 「으응?!」 하고, 이상한 소리를 내고 말았다.

"아니, 아니. 환자라니까! 상처를 고치기 위해 온 사람이야."

모네는 「아저씨도 예쁘다고 했으면서!」라며 달려나갔다. 당황한 내 모습이 그렇게 웃겼던 걸까. 깔깔거리는 웃음소리가 울려 퍼졌다.

"나중에 보자! 리즈레 언니!"

나는 기죽지 않고 손을 흔드는 소녀를 향해 힘없이 손을 흔들었다.

"화관 이야기를 했을 뿐인데……."

그렇게 중얼거리면서 돌아본 리즈레의 모습은 확실히 「예뻤다」. 가늘고 풍성한 금발에, 비취색의 커다란 눈동자와 하얀 피부. 거기에 소박한 화관까지. 그야말로 동화에 나올 것 같은 「숲속의 공주님」 같았다.

"……리즈레 씨가 이걸 볼 수 있다면 어떤 표정을 지었을까."

리즈레의 상처받은 마음을 치유하는 것은 분명 이런 일들일 것이라고 생각하니, 그녀가 이 화관을 볼 수 없다는 사실이 한없이 가슴 아프게 느껴졌다.

(애초에 빛에 반응하지 못할 정도로 시력이 떨어진 원인이 뭘까……. 심인성일지도 몰라. 그게 아니면.)

어쨌든 하루아침에 되는 치료가 아니다. 회복에는 시간이 걸린다. 나는 의사는 아니지만 간단한 진찰을 하며 치료와 케어를 진행해 나가기로 했다. 청결한 신체의 유지와 덧바르는 약, 파스 교환, 소화가 잘되는 식사, 충분한 수면. 리즈레 씨는 혼자 힘으로는 움직일 수 없기 때문에 혈액순환 촉진을 위해 마사지를 해주고, 자는 동안 자세를 바꿔줄 필요가 있다. 직접 만든 청진기로 심장 박동을 확인해 보니 유난히 소리가 작아서 초조하기도 했지만, 아마 가슴 부분이 풍만하기 때문일 것이라는 결론에 도달하자 겨우 안심이 됐다.

어느 정도 효과가 있는지는 알 수 없었으나, 점안약도 하루 여러 차례 투여하기로 했다. 그리고——가장 신경 쓰이는 건 틀니였다.

문헌에 의지해서 멧돼지의 송곳니를 깎아 성형을 진행했는데, 교합을 조정할 필요가 있었던 탓에 리즈레는 며칠 동안 그 작업에 어울려줘야만 했다.

"——고생했어요. 일단 이걸 사용해 보죠."

"아…… 으."

미끌미끌한 하얀 이였다. 어금니밖에 없었던 그녀에게 위아래로 가지런한 이가 생기자, 이전과는 한층 인상이 달라 보였다. 새로 생긴 치아는 그녀의 외관은 물론, 또 다른 것도 변화시켰다.

"리즈레 씨, 오늘 밤은 새로운 이가 생긴 걸 축하하도록 하죠."

그렇다. 내가 준비한 것은 소 사육사가 나눠준 고기를 이용한 스테이크였다. 술에 재워둔 부드러운 부위에 칼집을 촘촘하게 넣어 구웠으므로 보통 스테이크보다 훨씬 씹기 쉬웠다. 요 며칠간의 식사 모습을 관찰한 나는 그녀의 소화 기능에 문제가 없을 거라 판단했고, 오늘 그녀에게 고기를 대접하기로 했다. 무엇보다, 아무런 맛도 나지 않는 죽 이외의 음식을 리즈레에게 먹여주고 싶었다.

"같이 먹어요. 리즈레 씨."

잘게 썬 고기에 포크가 쑤욱, 박혔다. 그와 동시에 살짝 눌어

붙은 표면에서 촉촉한 육즙이 베어 나왔다. 그대로 천천히 리즈레의 입가에 가져갔다.

입에 머금은 순간——리즈레의 눈이 크게 열렸다. 기분 탓인가, 뺨도 붉어 보였다.

"어떤가요……."

"음…… 으응."

처음 먹이는 음식이라 약간의 걱정도 있었지만——아무래도 기우였던 것 같다. 리즈레는 새 치아로 곧잘 씹고, 아쉬운 듯이 고기를 삼켰다. 그리고 코를 쿵쿵거리며 이쪽의 기색을 살폈다.

"응——… 아……."

"괜찮아요. 더 있어요. 액체류가 아닌 식사는 오랜만이니 천천히 먹읍시다."

다시 한번 입에 고기를 넣어줬다. 리즈레의 커다란 눈 가장자리에 희미하게 눈물이 고였다. ——나 역시도 오랜만의 진수성찬이었지만, 리즈레에 비할 바가 못 될 것이다.

(치아도 익숙해진 것 같아……. 다행이야.)

또 한 번, 스테이크를 내밀었다. 리즈레는 기다렸다는 듯이 입을 크게 벌렸다.

오감의 자극——게다가 생리적 욕구와 결부된 오감은 역시 큰 의미를 지닐지도 모른다. 그날 이후 리즈레는 천천히, 하지만 분명히 감응성을 되찾는 것처럼 보였다. 매일 얼굴을 내미는 모네의 목소리에 살짝 미소를 짓는 듯한 표정을 짓기도 했다.

(이건…… 어쩌면 생각보다 빨리 대화를 나눌 수 있게 될지도 몰라.)

모네가 다음에 또 봐, 라고 말하며 손을 흔들자, 리즈레는 코를 킁킁 울려 대답하는 동작을 취했다. 좋은 징조다――그러나 한 가지 걱정이 있었다.

손발의 괴사가 진행되고 있었다.

진행 속도가 매우 느려서, 붕대를 매일 다시 감아줬음에도 처음에는 눈치채지 못할 정도였다. 검게 변색된 환부. 그것은 서서히 리즈레의 몸을 갉아 먹고 있었다.

(보통의 괴사치고는 진행 속도가 너무 느려…… 뭔가. 다른 뭔가가 있는 걸까?)

역시 절단할 수밖에 없다. 그게 아니면 다른 길이 남아 있는 건지――아무리 현재 제 기능을 다하지 못하고 있다고 해도 역시 사지 절단은 상당히 과감한 선택이며, 일개 약장수에 불과한 나로서는 쉽사리 결단할 수 없다.

――가능하다면 손발을 다시 쓸 수 있게 해주고 싶다. 그런 소원이 분명히 있었다.

(역시…… **그 사람**에게 의지해야 하는 걸까.)

머릿속에 떠오른 것은 의사이기도 한 오랜 지기였다. 괴짜지만 솜씨만은 확실하므로 분명 좋은 방책을 제시해 줄 것이다. 즉시 연락을 취하기 위해 옛날부터 우편 수단으로 자리 잡은 심부름꾼 까마귀를 시켜 편지를 보냈다. 연락을 취하기 위한 방법은 그 밖에도 얼마든지 있었지만, 이런 고풍스러운 방법밖에 사용하지 않는 괴짜의 일면을 갖춘 사람이었다. 먹이를 넉넉하게 주고 「부탁할게」라고 말하자, 까마귀는 반들반들한 검은 날개를 펼치고 하늘로 날아올랐다.

"어디 보자……."

가볍게 기지개를 켜고 공방으로 돌아갔다. 최근 들어 리즈레 씨의 식욕이 한층 증가한 것 같다는 생각이 들었다. 씹는 것도 별 문제가 없어 보였기에 음식의 크기도 조금씩 늘리는 중이었다.

"리즈레 씨. 마을에 가기 전에 만들어 준 베이컨이 있으니, 오늘은 그걸로 포토푀라도——"

그렇게 말하며 방에 들어갔을 때였다. 털썩, 하고 큰 소리가 나더니 의자에 앉아 있던 리즈레가 쓰러졌다.

"리즈레 씨……? 리즈레 씨!"

황급히 달려가 리즈레의 몸을 지탱했다. 온몸이 불타듯 뜨거웠다.

"아아…… 흐…… 으으…… 흑."

괴로운 신음이 들렸다.

다행히 머리를 부딪친 것 같지는 않다. 반쯤 혼란 상태에 빠진 채로 그녀의 모습을 관찰했다.

(갑자기 무슨 일이지? 최근에는 밤에 열이 오르는 일도 없고, 컨디션도 안정된 것 같았는데……. 방을 비운 것도 불과 몇 분이었어. 그 사이에 이 정도로 상태가 급변할 무슨 일이 생겼다고는——.)

그 순간, 나는 눈치챘다.

"가슴에 붉은 기가 돌고 있잖아……."

더욱이 리즈레의 몸은 작게 떨리고 경련을 일으키고 있었다. 「커헉…… 흑」 하는 호흡 소리도 이상했다. 숨을 잘 못 쉬고 있으며, 눈 역시 새빨갛게 충혈되었다.

이 증상은 낯익다.

"이건…… 흑요거미의 신경독인가?!"

흑요거미는 외딴 동굴을 근거지로 삼는 대형 마물이다. 덩치에 비해 소심한 성격을 지니고 있지만, 사냥감을 잡기 위한 독은 예로부터 암살에 이용되었을 정도로 강력하다.

(하지만 어째서 그게 리즈레 씨의 몸에…….)

리즈레 씨를 데려온 뒤로 꽤 여러 날이 지났다. 엘프에 대해 편견을 가진 사람은 전혀 없겠지만——작은 시골 마을에 사는 소박하고 순수한 사람들이 그런 거미 독을 알고 있을 리가 없다. 그리고 리즈레는 대부분의 시간을 공방에서 보내고 있어서, 내가 그녀의 곁을 떠나는 일 자체가 드물다.

역시 독에 당한 건 내가 데려오기 전인가.

(하지만…… 전당포 주인은 그런 배짱이 없어.)

좋지도 나쁘지도 않은 **평범**한 그 주인의 얼굴이 떠올랐다. 그렇다면——생각할 수 있는 가능성은 하나. 예전…… 「주인」.

위세척용 숯가루와 독의 배출을 촉진하는 룸, 센나 등 약초 추출물을 리즈레에게 복용시켰다. 이제 막 독이 돌기 시작한 거라면 아직 늦지 않았을 수도 있다. 이 독의 특징이라 할 수 있는 가슴께의 붉은 기는 상체의 혈관을 기어가듯 퍼져 있었다.

잠시 뒤, 리즈레가 한층 크게 신음하기 시작했다.

"으…… 끄윽……."

"리즈레 씨, 괜찮아요. 리즈레 씨……!"

입가에 통을 가져다 대자, 위액과 함께 큰 덩어리가 나왔다. 환약——아마 여기에 독이 들어 있었을 것이다. 그 때문에 독이 이제야 퍼진 거겠지.

(단순한 알약치고는 너무 튼튼해…… 마치 조개껍질처럼.)

며칠이 지난 뒤에야 겨우 녹아 심부까지 퍼지는 환약이라니, 이상해도 너무 이상하다. 관찰하는 동안 표면에 무엇인가가 새겨져 있는 것을 발견했다.

(고대어……. 그리고 이건 주인(呪印)인가?)

머리가 확 뜨거워진다. 손안에서 뿌득, 하고 소리를 내며 목제 핀셋이 부러졌다.

뭐야, 이건.

눈앞의 물건에는 악의밖에 느껴지지 않는다. 리즈레의 온몸에 집요하게 새겨진 상처와 같은 냄새가 난다. 애당초 독약을 주입하는 것만으로도 이상한데——이런 지효성 장치까지 사용하다니. 적어도 이건 선의에서 비롯된 행위가 아니다. 그저, 자기 근처에서 효과가 나타나는 것만을 피하기 위한…… 그래.

——내 눈에 거슬리지 않는 곳에서 죽어 버려라.

그런 메시지인 건가. 이건.

빠직, 하고 내 안에서 이상한 소리가 났다. 이러면 안 돼. 냉정해져라. 지금은, 그래——지금은 고통스러워하는 리즈레의 독을 어떻게든 해야만 한다.

"리즈레 언니. ……약 아저씨?"

공방 입구에서 모네의 목소리가 들렸다. 평소와는 다르게 우리의 모습이 보이지 않는 걸 이상하게 여긴 모양이다.

"모네, 마침 잘 왔어. 엄마 좀 불러줄래?"

방 안에서 말을 걸었다. 모네는 다급한 목소리에서 무언가를 짐작한 듯──「알았어!」라고 곧장 대답했다. 평소에 일을 도와주고 있는 만큼 판단이 빠르다. 덕분에 도움이 됐다.

내가 준비하는 사이에 아네가 찾아왔다. 리즈레와 만나는 것은 처음이었지만, 모네로부터 이야기를 들어왔을 것이다.

"이 아이가 리즈레야? 많이 괴로워 보이는데……."

"마물의 신경독에 당했어요. 해독제를 만들어야 합니다. 지금부터 그 재료를 채취하러 갈 생각인데……."

거기까지만 말했음에도, 아네는 곧바로 내 말을 이해한 듯했다.

"알겠어. 그럼, 내가 모네랑 리즈레를 돌봐줄게. 선생님은 다녀오도록 해."

평소 여자 혼자서 가정을 꾸리고 있기 때문일까. 급한 부탁이었음에도 아네의 판단은 빨랐다. 아니, 어쩌면 이건 이 모녀의 성격일지도 모른다.

"죄송해요. 아마 사흘 안에는 돌아올 수 있을 거라 생각합니다……. 그동안 리즈레가 복용했으면 하는 저항약이 있는데, 그건 제가 적어드릴게요. 그리고──."

순간, 목소리가 나오지 않았다. 쪽지를 든 손이 떨리고 있다는 것을 깨달은 나는 한 번 심호흡했다.

"……만에 하나 제가 돌아오기 전에 상태가 급변해서…… 죽게 된 경우에는 빠른 매장을 부탁드립니다……. 저도 무슨 일이 벌어질지 잘 모르기도 하고, 장기간 시신을 방치할 수는 없으니까요."

"응, 알겠어."

아네는 나의 눈을 바라보며 고개를 끄덕였다.

"괜찮아. 선생님은 선생님의 역할에 집중해. 리즈레는 우리가 잘 보살필 수 있어. 리즈레도 선생님이 돌아오기를 기다리며 힘낼 거야. 그러니까 이쪽은 맡겨 둬!"

"……고마워요."

짐을 짊어진 뒤, 리즈레의 볼을 만졌다. 뜨겁고 축축한 볼. 얼마나 괴로울까──. 그러나 열이 난다는 건, 리즈레가 살아 있다는 것이다.

"반드시 구해줄 테니까…… 기다려 주세요, 리즈레 씨."

"윽…… 으으……."

몹시 괴로워하는 그녀의 이마를 쓰다듬고 살며시 자리를 벗어났다.

손을 흔드는 두 사람에게 가볍게 인사하며, 나는 공방을 뒤로 했다.

(만드라고라의 뿌리, 속성 전환의 마충석, 그리고…… 항체원이 되는 독의 원액──흑요거미의 간이라.)

해독약에는 많은 재료가 필요하지만, 대략적인 채취 장소는 짐작이 갔다. 특히 흑요거미의 서식지를 알고 있었던 것은 행운이라고 할 수 있었다. 예전에는 찾는 데 며칠씩이나 소요되기도 했다.

(설마…… 이럴 때 도움이 될 줄이야.)

동굴의 입구 앞. 나도 모르게 입가에 비꼬는 미소가 번졌다. 많은 수고를 들여야 하는 만드라고라와 마충석은 이미 구했다. 동물들이 헤집어 놓지 않는 한 괜찮을 것이다. 나는 재료들을 채운 짐을 그곳에 내려두고 화살통과 활을 꺼냈다.

무기를 손에 쥐는 것은 오랜만이었다. 그러나 그것치고는 활을 잡는 손의 감각이 꽤 익숙했다.

(옛날에 익힌 솜씨 덕분인가.)

쓴웃음을 지으며 손가락에 불을 켜고 동굴에 발을 들여놓았다. 어둡고 눅눅한 동굴. 곰팡내가 코끝을 간지럽게 했다. 박쥐가 나와도 이상하지 않았으나, 모습을 찾아볼 수 없는 건 아마 이곳의 주인들 때문일 것이다.

(괜찮아……. 분명 이곳에 있어.)

수분을 머금어 울퉁불퉁한 발밑. 최대한 소리를 내지 않도록 주의를 기울이며 한참을 더 나아가자, 아무것도 없어야 할 공간에 반짝, 하고 빛나는 무언가가 보였다. 그 반짝임에서부터 축 늘어진 물이 지면에 떨어지면서 첨벙, 하는 맑은 소리를 울렸다.

무언가 마법광을 반사하고 있다——자세히 보니, 촘촘한 실이 둘러쳐져 있다는 것을 알 수 있었다. 거기에 달라붙은 쥐와 박쥐의 사체가 보였다.

(찾았다……!)

흑요거미의 올가미줄이다. 등에 짊어진 통에서 화살을 뽑아들고 자세를 취했다. 겁쟁이 거미를 유인하기 위해서라도 그대로 가만히 기다려야 한다.

나한테서 풍기는 고기의 냄새에 낚여 온 걸까——이윽고 안쪽에서 큰 그림자가 천천히 나타났다. 흑요거미다. 찌르르르, 하고 큰 턱이 울리는 소리가 났다.

"미안하지만…… 시간을 낭비할 수는 없어."

섣불리 상처를 입혔다가는 금방 안으로 도망쳐버리고 말 것이다. 단시간에 승부를 내고 싶다.

활을 당기는 순간, 과거의 내가 뇌리에 떠올랐다. 똑같이 활을 겨누고, 거미를 꿰뚫는 내 모습이. 그렇게 얻은 독을——너는 어떻게 했지?

움찔, 하고 팔이 튀어 올랐다. 내 손을 떠난 화살은 거미를 스치듯 날아갔다.

"삐끼이익!"

아니나 다를까, 흑요거미는 경계음을 내며 안으로 들어가려 했다.

"젠장……."

욕을 읊조리면서 곧바로 또 한 발의 화살을 준비했다.

(뭐가 옛날에 익힌 솜씨냐——단련을 빼먹은 주제에 잘도 그런 말을!)

그렇다. 과거의 나와 지금의 나는 다르다. 아니, 같은 선상에 있다는 것은 변하지 않았으나——적어도 지금 자신의 행동은 과거와 마주하기 위해서라도 필요한 일일 것이다.

돌아가고 싶다며 우는 리즈레의 중얼거림이, 화관을 쓴 리즈레의 모습이, 음식을 볼에 가득 채운 리즈레의 희미한 웃음이, 독에 시달리는 리즈레의 신음이 머릿속에서 되살아났다.

"아르마(극마법)——!"

주문의 발동과 동시에 촘촘한 화살이 재빠르게 진동했다. 올가미줄을 파고든 화살은 호를 그리며 나아가, 도망치려던 흑요거미의 정수리에 꽂혔다.

"삐끼이이이이익!"

흑요거미가 비명을 질렀다. 나는 그 사이에도 아르마를 건 화살 여러 발을 재빠르게 쐈다. 그것들은 빨려 들어가듯 거미의 몸에 차례로 꽂혔다.

(——좋았어.)

평소보다 위력이 오른 화살은 거미의 두툼한 몸을 관통하여 그 움직임을 멈추게 했다. 실을 헤치며 거미가 있는 곳까지 나아간 뒤, 나이프로 그 간을 잘라냈다. 습한 공기에 구역질이 날 것 같은 탁한 냄새가 섞였다.

"과거라……."

중얼거리며 머리를 흔들었다. 지금은 과거의 감상에 젖어 있을 때가 아니다. 소중한 약속을 지키기 위해서라도.

(지금 돌아갈게요, 리즈레 씨——!)

공방으로 돌아온 것은 집을 나오고 나서 이틀째 되는 날이었다. 서두른 덕분에 예정보다 빨리 돌아올 수 있었다.

"선생님, 어서 와. 리즈레도 힘내고 있어!"

내가 집을 비운 동안 리즈레를 간호해 준 아네의 눈 밑은 피로감이 짙었지만, 그럼에도 어조만큼은 분명했다. 고개를 끄덕인 나는 가져온 재료를 약초의 응축액과 조합한 후, 주사용 용아침(龍牙針)에 부었다.

"리즈레 씨…… 오래 기다렸죠."

리즈레의 몸에는 혈관이 무늬처럼 짙게 드러나 있었다. 숨을 헐떡이는 소리가 들렸다. 그래도 아네와 모네 덕분에 이렇게 버틸 수 있었다.

"으…… 아, 으으……."

"조금만 더 참아요……. 금방 좋아질 거예요."

상체를 받친 손바닥이 뜨거웠다. 떨리는 가느다란 어깻죽지에 살짝 바늘 끝을 찔러 넣었다.

***

작은 창문을 통해 보이는 캄캄한 하늘을 바라보며, 자고 싶지 않다고 생각했다.

리즈레의 숨소리가 들렸다. 아직 정상이라고 말하긴 어렵지만, 그래도 좀 진정된 것 같다.

주사를 놓은 직후, 아네와 모네는 집으로 돌아갔다. 감사 인사는 안 해도 돼. 리즈레랑 선생님이 무사해서 다행이야. 부엌에 수프와 빵이 있으니까 그걸 먹도록 해. 선생님도 조금은 자는 게 좋을 거야. 그럼, 내일 다시 올게.

그런 말을 하며 떠나는 두 사람을 배웅했다. 아네의 말대로 콩과 향초 수프에 빵을 적셔 먹고 몸을 닦았다. 그리고.

리즈레가 잠이 든 침대 옆에서 계속 그 옆모습을 바라봤다. 가끔 신음할 때마다 살며시 손을 잡아줬다. 가슴의 붉은 기가 옅어지고 있는 것만이 희망이었다. 분명 고비는 넘겼을 것이다.

"괜찮아……. 괜찮아요, 리즈레 씨."

중얼거리며 자고 싶지 않다고 생각했다.

물론, 리즈레가 걱정스러운 것도 있었다. 그와 동시에 지금 자면 제대로 된 꿈을 꿀 것 같지 않다는 예감이 강하게 들었다. 활을 쥐었던 손바닥을 바라봤다. 그 손바닥이 빨갛게 물들어 있다는 생각이 들어, 휙, 하고 고개를 돌리고 말았다.

(과거라…….)

"무엇을 그렇게 두려워하시는 건가요?"

그렇게 물은 것은 리즈레였다. 커다란 비취색 눈을 반짝이며 방울이 굴러가는 듯한 목소리로 묻는 리즈레를 보고, 머릿속 어딘가에서 (아아, 이건 꿈이군) 하고, 판단했다. 결국 그대로 잠들어 버렸다.

"……두려워하지 않아요."

"하지만 손이 떨리고 있어요."

붕대에 감긴 손이 살며시 내 손을 덮었다.

"괜찮아요, 약장수 씨. 제가 곁에 있을 테니까요."

그 말을 들은 순간, 자신을 마음껏 때리고 싶어졌다. 아무리 꿈속이라고 해도 듣고 싶은 말을 환자에게 말하게 하다니. 이런 내 모습에 구역질이 나왔다. 실제로 때리지 않은 건, 꿈속에서도 리즈레를 불안하게 만들고 싶지 않았기 때문이다.

"리즈레 씨야말로 안심해 주세요. 제가 반드시 당신을 치료해 드릴게요."

당신은 기억하지 못할 수 있지만. 그날 산속에서 나는 분명히 맹세했다. 약속했다. 당신을 치료하겠다고.

"리즈레 씨, 괜찮아요. 집에 돌아갈 수 있어요. 그러니까."

겹친 손을 천천히 되잡았다.

"그러니, 리즈레 씨. 안심해요……. 눈을 뜨세요. 내가 그때까지 쭉 옆에 있을게요."

리즈레가 방긋 웃었다. 꿈이라는 건 알고 있다. 그럼에도 어쩐지 울고 싶은, 가슴이 조이는 것 같은 기분이 흘러넘쳤다.

"봐요, 약장수 씨. 빛이 비치고 있어요."

매우 기쁜 듯이 눈을 접으며 웃는 그녀를 향해 되물었다.

"빛……?"

문득 잠에서 깨어난 나는 그 목소리가 내 잠꼬대일 거라고 생각했다. 그러나 착각이라는 걸 금방 깨달을 수 있었다. 조금 거친, 하지만 마치——방울이 굴러가는 듯한.

"리즈레 씨……?"

침대에 등을 돌리고 잠들어 있던 그녀를 돌아봤다.

새벽빛이 들어왔다. 비취색의 눈이 이쪽을 향하고 있다. 그 입술이 조금 움직인다.

"나…… 나는…….."

"리즈레 씨, 일어나셨…… 아니, 눈이. 앗, 게다가."

——대화도.

너무나도 갑작스러운 변화에 어디부터 대응해야 할지 알 수 없었다.

"어, 그러니까…… 일단은 진찰을 해도 될까요?"

우물쭈물 물어보니, 작게 「네……」라는 대답이 돌아왔다. 어색해도 대화를 할 수 있게 됐다.

몸을 받쳐주자, 열은 이제 다 내렸다는 것을 알 수 있었다. 가슴의 붉은 기도 사라졌다. 독의 영향은 벗어난 것 같다——그것을 확인하고 안심하는 동시에 놀라운 감정이 솟아났다.

지금까지 리즈레는 보살핌을 받아도 아무런 반응을 보이지 않았다. 마치 인형처럼. 그런데 방금 내가 상반신을 일으켜 주려 했을 때, 스스로 몸을 지탱하려는 근육의 움직임이 미세하게 느껴졌다.

(대화를 할 수 있다는 건 외부의 자극에 반응한다는 거니까, 근육이 움직이는 것도 어떻게 보면 당연한 일이야…….)

원래 감응성에 관해서는 변화가 나타나고 있었다. 그것이 더욱 현저해진 거겠지.

"동공도 빛에 반응하고 있어……. 제 얼굴이랑 손이 보이나요?"

눈앞에서 손을 흔들며 묻자, 리즈레는 희미하게 고개를 저었다.

"하지만…… 거기, 있는…… 건. 알겠…… 어요."

즉, 시력이 완전히 돌아온 것은 아니지만 빛을 느끼는 기능은 돌아왔다고 할 수 있다.

해독약의 재료인 만드라고라에는 활성 작용이 있다. 거기에 더해 마충석의 반전 작용이 해독과 동시에 시신경에 어떤 자극을 주어, 손상된 부분의 복구를 재개한 것일 수도 있다. 물론, 억측이긴 하지만──.

리즈레의 볼이 내 손에 살짝 닿았다. 그 눈에는 눈물이 맺혀 있었다.

"리즈레 씨, 괜찮아요? 어디 아픈 데라도……."

리즈레 씨가 절레절레 고개를 저었다. 그리고 작은 목소리로 물어왔다.

"……리즈레…… 저인, 거…… 죠?"

"아──네. 죄송해요, 이름도 모르는데 멋대로 별명을 붙여서…… 만약 괜찮다면 이름을 알려주실 수……."

"이름……."

그렇게 중얼거린 리즈레는 다시 고개를 좌우로 저었다.

"기, 억이…… 안, 나요. 아무것도."

"그런가요."

역행성 건망──이른바, 기억상실증인가.

이유는 모르겠지만…… 아니, 오히려 이유가 될 만한 몇 가지 일들이 머릿속에 떠올랐다. 그녀는 그만큼 힘든 경험을 해왔다.

(하지만 이렇게 되면…… 앞으로 집에 돌아가기 위해 뭘 어떻게 해야…….)

엘프의 거처에 관해서는 숲속 깊은 곳에 살고 있다는 것 외에 아무것도 모른다. 이건 단순히 내가 세상 물정을 모를 뿐만이 아니라, 엘프가 타종족으로부터 숨어 살기 때문이기도 하다.

(언젠가 리즈레 씨를 돌려보내기 위해서라도 무언가 방법을…….)

"──아…… 저기."

들려온 목소리에 고개를 번쩍 들었다. 리즈레가 이쪽을 빤히 바라보고 있었다. 이렇게 말하는 건 실례일지도 모르지만, 아직 적응이 안 돼서 신기한 기분이 들었다.

살짝 미소 지은 그녀는 또다시 눈물을 흘렸다.

"구해, 주…… 셔서…… 감…… 감사해…… 요."

더듬더듬하지만 마음이 확실히 전해지는, 그런 말이었다.

"아뇨……. 아닙니다, 리즈레 씨. 이제부터예요."

그렇다.

비관에 빠져 있을 시간은 없다. 지금 리즈레는 회복을 향해 큰 한 걸음을 내디뎠다.

"괜찮아요. 제가 반드시 당신을 치료해 드릴게요."

정신을 차리고 보니, 꿈속에서 했던 말을 반복하고 있었다.

마치 자신에게 타이르듯이.

그 말을 들은 리즈레는 다시 한번 미소 지으며 고개를 끄덕였다.

"이야— 선생! 저번에는 고마웠네. 덕분에 무릎도 이렇게 상태가 좋아졌어. 이 호박은 감사 선물이니, 부디 받아주게."

이른 아침부터 근처의 농가분이 집을 찾아왔다. 팔에 안을 수 없을 정도로 큰, 묵직한 호박을 받고 만 나는 잠이 덜 깬 머리로 이를 어떻게 해야 하나, 고민에 빠졌다.

"그래…… 호박 스튜라도 끓이면 많이 먹을 수 있을지도 몰라."

"선생님은 좀 쉬어."

이웃 주민과 교대하듯 찾아온 아네와 모네가 일어서려는 나를 다시 의자에 앉혔다. 리즈레와 내 상태가 신경 쓰여 일부러 찾아온 모양이다.

"눈치 못 챘을 수도 있는데, 지금 눈 밑에 다크서클이 심하다고."

"맞아. 곰돌이 같아!"

아네의 말에 동조하듯 모네가 「크악—」하고 몸짓으로 곰 흉내를 냈다. 내 얼굴이 그 정도로 심각한 걸까……. 턱을 만지니, 평소보다 넓은 범위에서 수염의 감촉이 느껴졌다.

무의식적으로 미간을 좁히자, 아네가 김이 나는 차를 건넸다. 고소한 냄새에 무심코 어깨의 힘이 빠진다.

"모처럼 리즈레가 눈을 떴는데 선생님이 쓰러지면 안 되잖아. 됐으니까, 여긴 우리한테 맡겨."

"……고맙습니다. 그럼, 염치 불구하고……."

쓴웃음을 지으며 고개를 끄덕이자, 아네는 「맡겨만 둬」라며 주먹을 쥐었다.

"리즈레는 단 거 좋아해?"

"……네. 달콤한…… 거, 좋아…… 합니다."

"다행이다. 그러면 회복 축하 기념으로 호박 케이크를 만들까!"

"아싸! 케이크다!"

시끌벅적 즐거워 보이는 여성진을 바라보며 차를 한 모금 마셨다. 후욱, 하고 다시 어깨의 힘이 빠지는 게 느껴졌다.

이틀 연속으로 리즈레를 돌봐준 아네와 모네 역시 피곤할 텐데, 두 사람은 결코 지친 기색을 드러내지 않았다. 리즈레도 어젯밤까지 독에 시달려 앓아누워 있던 사람이라고 생각하기 어려웠다. 계속 망연자실한 상태였던 것이 거짓말처럼 느껴질 만큼, 가끔 아네의 말을 듣고 고개를 끄덕이거나 미소를 지어 보이기까지 했다.

(일단 기억상실증은 두고 보도록 할까…….)

물론, 언젠가는 생각해야 할 문제지만──적어도 지금은 이 회복 징후에만 포커스를 맞춰서, 집중적으로 신체를 케어해 나가자.

(그러고 보니…… 지금쯤이면 편지가 도착했을 텐데.)

──얼마나 멍하니 있었던 걸까.

밖에서 톡톡, 하고 들려온 가벼운 소리에 정신을 차리고 창문을 바라봤다. 심부름꾼 까마귀가 테라스의 난간을 찌르고 있었다.

그 부리 밑에 떨어진, 둥글게 말린 양피지가 눈에 들어왔다.

그걸 손에 들고 방으로 들어가자, 아네가 「무슨 일이야?」라며 구워진 케이크를 손에 들고 물었다. 김이 모락모락 나는 케이크에서는 달콤하고 소박한 향기가 풍겼다.

"예전에 알던 지인에게 리즈레 씨 일을 상의하고 싶었거든요. 그 답장이 온 것 같아요."

"그렇구나. 이렇게 외진 곳에 살고 있는데도 선생님은 발이 넓네."

하지만 우선 앉으라는 재촉을 받았기에, 편지를 펼쳐서 읽고 싶은 마음을 억누르며 자리에 앉았다. 리즈레도 킁킁, 하고 향기를 맡았다. 그 앞에 케이크 조각이 놓인다.

"자, 다 같이 먹을까?"

"나, 리즈레 언니한테 먹여줄래!"

잘 먹겠습니다, 라고 한목소리로 말한 뒤, 모네가 의욕 넘치게 리즈레의 케이크를 한입 크기로 잘라 포크를 찔렀다. 「고맙습니다」라는 말과 함께 케이크를 입에 넣자마자 리즈레의 얼굴이 밝아지며 빛난다.

"맛있어?"

"네……. 달아서…… 정말, 맛있어요……!"

"하하. 그런 표정을 지어 주다니. 만든 보람이 있는걸?"

세 사람의 웃음소리를 들으면서 이런 화목한 시간을 보내는 게 얼마 만일까, 하는 생각에 잠겼다. 어쩌면——리즈레와 만나기 전에도 이런 시간은 좀처럼 갖지 못했을지도 모른다.

케이크를 한입에 베어 물자, 부드러운 반죽과 어딘가 그리운 단맛이 입안 가득 퍼졌다.

***

『엘프의 몸을 진찰하는 건 오랜만이다. 재밌을 것 같아서 만져보고 싶어. 그리고 돈을 내놔. 저축하고 있는 거 다 아니까.』

친구가 보낸 편지에는 대략 그런 내용이 적혀 있었다. 말버릇이 안 좋은 녀석이지만 진찰을 받을 수 있다면 그보다 더 좋은 것은 없다.

"뭐야, 또 나가는 거야? 바쁘네."

식사가 끝난 후, 차와 수다를 즐기고 있는 세 사람과 떨어져 안쪽에서 떠날 채비를 하고 있자니, 아네가 불쑥 들여다보았다.

"네. 실력이 좋은 의사이기도 하고, 리즈레 씨의 손발 상태를 빨리 진찰하는 게 좋을 것 같아서요. 북쪽 지방의 외진 곳이라서 도착하는 데 시간이 좀 걸릴 것 같아요."

"그렇구나. 북쪽이면 방한 장비가 필요하지 않을까? 우리 집에 겨울용 옷이——."

"아, 아니에요. 이번에는 괜찮습니다. 감사해요."

아네의 제의를 황급히 거절했다. 겨울옷은 옷감이 두꺼운 만큼 비싸다. 내 환자에 관한 일이니, 그녀에게 모든 걸 부탁해선 안 된다.

"하지만 지금 리즈레가 입고 있는 옷으로는 추울 거야."

"문제없습니다."

미리 생각해 둔 일이었기 때문에 나는 분명히 고개를 저었다.

"방한구라면 여분이 있으니까요."

"──저, 저기…… 조금…… 더워, 요……."

그렇게 더듬더듬 말하는 리즈레의 모습을 보고 나도 모르게 충격을 받았다. 내가 예전에 입던 방한구는 뭐라고 해야 할까……. 심하게 헐렁거렸으며, 간단히 말해서 사이즈가 전혀 맞지 않았다.

"거 봐──."

아네와 모네의 차가운 시선을 받은 나는 가슴을 꾹 눌렀다.

"오래되긴 했지만 제법 정성스럽게 손질을 해왔거든요. 그럭 저럭 괜찮을 줄 알았는데……."

"문제는 **그게** 아니잖아. 선생님이 알뜰한 건 알고 있지만, 그렇다고 해서 리즈레까지 끌어들이면 안 돼."

"네……. 반성하고 있어요."

너무나도 당연한 지적에 나도 모르게 무릎을 꿇고 말았다. 흑요거미의 송곳니보다 날카로운 논조다.

"반성하는 김에, 마을에서 옷을 수선해 와."

"저…… 는. 저기…… 이거, 라도."

"앗─ 리즈레 언니한테 어울리는 귀여운 옷을 골라 와야 해, 선생님!"

쭈뼛쭈뼛 중얼거리는 리즈레의 입을 막는 두 사람. 나는「네……」

라고 대답하며 따를 수밖에 없었다.

마을은 혼자 다녀오기로 했다. 리즈레의 모습은 눈에 띄고, 무엇보다 지게를 돌려주러 가야 했기 때문이다. 마을 사람에게 말을 빌린 덕분에 평소보다 빨리 마을에 도착할 수 있었다.

처음으로 향한 곳은 예의 그 전당포였다. 주인은 나를 발견하자,「오오」하고, 친근감 있게 손을 흔들었다.

"자네! 어떤가? 그 엘프는. 약에 사용했나?"

변함없이 천진난만한 그 말에,「아뇨, 그게 사실」이라고 말하며 고개를 좌우로 저었다.

"안타깝지만 다른 약사에게 넘겼습니다. 저로서는 유효하게 사용할 수 없을 것 같아서요."

주인은「뭐, 그렇게라도 썼으면 됐네」라며 웃었다.

애매하게 고개를 끄덕인 나는 주인에게 전에 빌렸던 지게를 돌려주었다. 그리고 좀 더 튼튼하고 폭이 넓은 지게를 새로 구입한 뒤, 가게를 떠났다. 이제 이 가게에 올 일은 없을 거다.

"자…… 본격적인 일은 이제부터인가."

각오를 다졌다. 강하게 숨을 내쉬며 기합을 넣은 나는 그 기세로 여성용 의류 매장에 들어갔다.

가게에 발을 들이자마자 주위의 공기가 파직, 소리를 내며 얼어붙었다. 분명 기분 탓이 아닐 거다.

여성을 위한 가게라는 건 손님도, 점원도 거의 여성밖에 없다는 얘기가 된다. 신체가 큰 남성이 그 안에 섞여 드는 것은 상당히 위화감이 있는 모양인지, 여성들의 경계심이 피부로 느껴졌다. 좀 더 자세히 설명하자면, 극히 수상쩍어하는 차가운 시선을 받았다. 흑요거미의 둥지에 들어갔을 때보다도 훨씬 두려웠다. 공기 중에 떠다니는 은은한 비누 향기는 내가 장소를 잘못 찾아왔다고 몰아세우는 듯했다.

"저…… 저기…… 죄송합니다만, 사이즈를 보는 방법을 잘 몰라서 그러는데……."

"네……. 실례지만, 고객님이 입으실 건가요?"

"아, 아뇨. 제가 아니라, 그…… 여, 여동생이 입을 겁니다."

시선을 견디지 못하고 순간적으로 거짓말을 해버린 것이 실수였다. 가족 때문에 왔다고 하면 덜 수상쩍게 여기지 않을까, 싶었지만——깊이 생각해보지 않더라도 여동생의 속옷을 사는 오빠는 웬만해선 없을 거라는 걸 알 수 있었다. 점원의 시선이 한층 더 엄격하게 변했다.

자신은 의료종사자로, 입원 환자의 비품을 구입하고 싶다고 솔직하게 말했다면 좋았을 거라는 생각이 든 건 도망치듯 가게를 나선 후였다.

＊＊＊

북쪽을 향해 출발하는 당일의 아침은 평소보다 더 쌀쌀했다. 덕분에 겉옷을 걸치기 딱 좋았다.

"저기……."

등 뒤에서 쭈뼛쭈뼛한 목소리가 들렸다. 약간 수줍어하는 작은 목소리였다.

"저기. 무거워서, 죄송합니다⋯⋯."

"평소에 약재료를 대량으로 짊어지고 돌아다녀서 괜찮아요. 그거에 비하면 가벼워요."

그렇게 대답하며 앞으로 나아가는 내 등 뒤에는 리즈레가 있었다.

나는 그녀가 떨어지지 않게 벨트로 고정해 줬다. 지난번에 사용한 지게보다 앉는 느낌이 편해 보이는, 깊이가 깊은 걸 골랐으니 앉아 있어도 쉽게 피로해지진 않을 것이다. 물론 그래도 쉬엄쉬엄 갈 필요는 있었다.

리즈레는 아네가 입혀준 새 옷을 입었다. 흰 상의가 특히나 잘 어울렸다. 감촉이 부드러운 그 상의는 몸을 잘 감싸줬고, 퍼가 잔뜩 달린 복슬복슬한 후드는 자못 따뜻해 보였다. 모네는「귀여워! 귀여워!」를 남발하며 출발 직전까지 리즈레에게 달라붙어 있었다. 목에는 마나 감지 성능이 있는 목걸이를 했다. 중앙의 보석이 희미하게 빛났다.

"반나절 정도 이대로 가다가 숲을 빠져나갈 예정입니다. 산골짜기에 카르가라고 하는 마을이 있는데, 그곳에 포털이 있어요. 거길 목표로 하죠."

"포털⋯⋯ 인가요?"

"네. 그걸 이용하면 북쪽에 있는 마을까지 순식간에 전이할 수 있습니다."

알겠습니다, 라는 대답이 돌아온 것을 확인한 나는 「그리고 하나 더」라며 말을 덧붙였다.

"지금 리즈레 씨의 목에는 목걸이가 있습니다. 그건 리즈레 씨 자신의 마나가 전해짐으로써 구조 신호를 낼 수 있는 물건이에요……. 제가 리즈레 씨를 놓치는 일은 없을 거라 생각합니다만, 긴 여정이니 일단은 기억해 주세요."

"네."

저번보다 편한 지게를 준비했다고는 하지만, 리즈레의 몸은 독에서 회복된 지 얼마 지나지 않았다. 같은 자세로 장시간을 보내는 것도, 벨트로 계속 고정된 상태로 있는 것도 많은 부담이 되겠지. 도중에 휴식을 취하면서 신중하게 나아가자.

리즈레의 몸무게는 별거 아니다──그것은 사실이었지만, 함께 가져온 경비 비품들의 양이 방대했다. 그것들은 이윽고 계속 앞으로 나아가는 나의 몸을 무겁게 짓눌렀다. 배낭의 단단한 끈이 어깨를 강하게 압박했다. 심박수가 상승하고 태양이 높이 뜸에 따라, 출발했을 때는 쌀쌀했던 숲속의 공기가 점차 뜨겁게 느껴졌다.

"──오늘은 여기서 노숙하죠."

반나절 안에는 도착할 수 없을 거라 판단한 나는 일찌감치 결단을 내렸다. 무거운 짐은 걸을 때 방해가 되지만, 이럴 때는 도움이 된다.

전에 노숙했을 때 만든 죽보다 다소 호화로운 식사를 준비해, 모닥불에 둘러앉았다. 만족스러운 얼굴로 빵과 건더기가 가득

한 수프를 먹은 리즈레 씨와 마주 앉자, 기묘한 정적이 흘렀다. 파직, 하고 모닥불 속에서 나뭇가지가 터지는 소리가 들렸다.

(그러고 보니…… 리즈레 씨가 회복하고 난 뒤로 천천히 대화할 여유가 없었어.)

나눠야 할 이야기는 많이 있었지만, 너무 많은 탓에 잘 정리되지 않았다. 그런 생각을 하고 있자니, 「저기」라는 말과 함께 리즈레가 먼저 입을 열었다.

"이름을…… 여쭤봐도 될까요?"

"아…… 저 말인가요?"

리즈레가 고개를 끄덕였다. 이름──확실히 약사와 환자라고는 해도, 함께 먹고 자는 사이다. 호칭이 없으면 불편하겠지. 자신도 리즈레에게 별명을 붙였으면서 그에 대한 생각을 놓치고 있었다.

(이름…….)

"……약장수. 저는 그렇게 불러주시면……."

그렇게 말하는 도중, 조금 힘들지도 모른다는 생각이 들었다. 리즈레 입장에서는, 기억상실증도 아닌 내가 본명을 말하지 않는 것에 의문을 품을 수밖에 없을 것이다.

하지만 그녀는 기쁜 듯이 살짝 웃었다.

"네……. 잘 부탁, 드려…… 요. 약…… 장수, 씨."

"──네. 저야말로."

미소를 돌려주며 마음속 깊이 안도하는 자신을 발견했다.

(그래──리즈레 씨는 그렇게 깊이 알 필요 없어.)

나에 관한 일 따위.

어차피——치료를 마치고 집으로 돌아갈 수 있게 될 때까지. 그런 한정된 기간의 관계다.

(알 필요는…….)

그때였다. 문득 위압감이 느껴져 어둠을 되돌아보는 동시에 뒤에서 바스락거리는 소리가 났다.

"——?!"

황급히 일어나 리즈레를 등 뒤로 보냈다. 수풀에서 모습을 드러낸 것은 거대한 체구의 짐승이었다.

"그르르르…….."

"킹 그리즐리?!"

안 그래도 위험한 야생동물이건만 마주친 시기도 나쁘다. 동면 전의 킹 그리즐리는 다른 시기에 비해서도 영악하고 성가시다. 눈앞에 있는 녀석도 숨을 거칠게 몰아쉬며 사지에 힘을 주었다. 언제 덤벼들어도 이상하지 않을 것이다.

(혼자라면 여기서 이동해서 대처할 수 있겠지만…….)

흘끗, 등 뒤에 있는 리즈레를 바라봤다. 긴 귀를 움찔거리는 리즈레는 놀라서 굳어 있는 듯했다. ——그녀를 안고 도망치는 건 킹 그리즐리의 민첩함 앞에서는 조금 힘들지도 모른다.

할 수 없지.

수프에 넣은 고기를 썰 때 사용한 나이프를 살짝 빼냈다.

곰의 약점은 대체로 정해져 있다. 반대로 말하면, 그 이외의 부분은 이상할 정도로 단단한 뼈에 의해 보호받는 탓에 치명상을 입히기 어렵다. 또한 몸을 감싼 지방이나 기름지고 단단한 체모 앞에서는 나이프의 날도 소용없다. 거대한 발톱에 스치기라도 하면 중상을 입을 것이다――나이프를 이용한 전투에는 불리한 점이 많지만, 발톱 사이를 재빨리 빠져나가는 민첩함과 확실하게 눈과 목을 찌르는 기술, 배짱, 그리고 행운이 있다면――.

『――!』

그 순간, 맑은 울림이 귀를 쓰다듬었다.

내디디려던 걸음이 나도 모르게 멈췄다.

새 울음 같기도, 노래 같기도 한 신비로운 아름다움이 느껴지는 소리가 그 자리에 울려 퍼졌다.

"이건…… 리즈레 씨?"

뒤를 돌아보자, 리즈레 씨가 앉아서 소리를 내고 있었다. 비취색의 눈동자가 달빛 아래서 희미하게 빛났다.

"그…… 르, 르."

곰이 으르렁거렸다. 거칠었던 숨이 점점 작아진다. 그에 반해 리즈레의 신기한 노랫소리는 숲속으로 퍼져 나갔다.

후욱――그 소리가 멈췄다. 곰의 호흡은 평온했으며, 기분 탓인지 눈매도 부드러워 보였다.

"괜, 찮…… 습, 니다."

리즈레는 그렇게 말하면서 곰에게 미소 지었다. 가만히 그녀를 바라보던 곰은 이윽고 조용히 몸을 돌려 천천히 멀어져 갔다.

『숲의 백성』――그런 단어가 머릿속에 떠올랐다.

"동물과 이야기를…… 나눌 수 있나요?"

나이프를 집어넣으며 묻자, 리즈레는 난처한 듯 시선을 돌렸다. 애초에 리즈레에게는 곰의 모습이 보이지 않았을 것이다.

"잘, 모르겠…… 어요. 하지만, **저 아이**…… 겁에 질려서…… 그래, 서."

"겁에 질렸다고요?"

확실히, 이 시기의 킹 그리즐리가 아무리 사납다고 해도, 일부러 소리가 나는 쪽으로 다가와 사람을 덮치는 일은 흔하지 않다. 뭔가 이유가 있었던 걸까?

"어쨌든 덕분에 살았습니다. 감사해요."

눈앞에 무릎을 꿇고 감사의 말을 전하자, 리즈레는 간지럽다는 듯이 미소 지었다. 조금 전까지의 고고함과는 거리가 먼 그 모습은 보통의 여성들과 다름없어 보였다.

***

킹 그리즐리가 출현한 그 이후부터 새벽까지, 경계하며 선잠을 잤다. 그러나 별다른 문제는 발생하지 않았다. 오히려 너무 조용했다——야간의 숲속에서는 보통 야생동물의 움직임이 느껴지기 마련이지만 평소보다 적다는 생각이 들었다.

"——슬슬 출발할까요?"

떠오르는 아침 해를 바라보면서 물로 리즈레의 입을 헹궈주었다. 리즈레는 고개를 끄덕이며 「부탁, 드려요」라고 대답했다.

리즈레는 도중에 싫은 내색을 하나도 비치지 않았다. 그 나이대의 여자라면 이런 산속에서의 노숙을 싫어할 법도 한데, 그런 기색이 전혀 없었다. 지게로 이동한 탓에 피로도 꽤 쌓였을 것이다. 나를 배려하는 걸까, 아니면 원래 성격인 걸까.

(일찍 도착하는 데는 도움이 되겠지만⋯⋯.)

사지의 괴사는 조금씩 진행되고 있다. 가능한 한 빨리 의사의 진찰을 받게 하고 싶다. 하지만 서두르다가 리즈레의 컨디션이 무너지기라도 하면 그거야말로 본말전도다. 리즈레가 말을 꺼내지 않는 만큼, 이쪽에서 먼저 신경 쓸 필요가 있을 것이다.

──이변을 깨달은 것은 걷기 시작한 지 세 시간 정도가 지났을 무렵이었다. 등 뒤에서 리즈레의 몸이 약간 떨리는 게 느껴졌다.

"무슨 일 있나요?"

"아뇨⋯⋯. 그저, 뭔가⋯⋯."

리즈레의 목소리가 높아지고 있다. 그녀는 주저하듯 작게 덧붙였다.

"이⋯⋯ 근처. 무언, 가⋯⋯."

『숲의 백성』으로서의 리즈레의 힘을 어젯밤 막 목격한 참이다. 어쩌면 뭔가를 느끼고 있을지도 모른다.

"⋯⋯잠깐 멈춰서 상황을 살필까요?"

"하, 지만. 착각⋯⋯ 일 수도."

"괜찮아요. 저도 잠깐 휴식을 취하고 싶으니까요."

그렇게 말했을 때였다. 초원에 커다란 그림자가 나타났다.

"⋯⋯? 이건."

그것 또한 우리를 발견한 것 같았다. 스스슥, 하고 이쪽으로 기어 오며 길고 두꺼운 목을 치켜들었다.

"――샤악!"

"웃, 어쩐지."

그건 마물이었다. 거대한 뱀 마물――어떤 영향을 받아 생긴 변이종인가. 고목처럼 굵고, 완강한 비늘이 긴 전신을 덮고 있었다. 이미 임전 태세를 갖춘 것을 보면 호전적인 성격일 것이다. 어젯밤 곰이 두려워했던 것은 이 녀석인가.

(이대로 놔두면 인근 마을도 피해를 입을 거야.)

리즈레 역시 보통의 동물이 아닌 생물과는 쉽게 대화할 수 없다.

"저, 기. 약장수, 씨."

"리즈레 씨는 여기서 조금만 기다려 주세요."

거대 뱀에 시선을 고정한 채로, 리즈레와 짐을 조심스레 땅에 내려놓았다. 가방 주머니에는 비상용 강장약이 들어 있다. 그것을 한 모금 머금었다. 순간적으로 동체시력과 순발력을 올려줄 것이다. 나이프에는 아르마를 사용해 진동 마력을 부여했다.

――아르마는 기초적인 마법과는 달리, 술자의 영혼의 성질이나 특성과 깊은 연관이 있다. 과거의 내가 수련을 통해 몸에 익힌 것은 모든 것에 「진동」을 부여하는 것――혹은 이를 컨트롤하는 것이었다.

(이걸로 해치울 수 있을까?)

고민할 새는 없었다. 거대한 뱀은 위협음을 내며 기세 좋게 덤벼들었다.

"……!"

강화된 발로 땅을 차, 리즈레로부터 멀리 떨어진 곳으로 뛰었다. 뱀의 꼬리가 곧바로 내 뒤를 쫓아왔다. 나이프의 측면으로 그 공격을 막은 나는 한 걸음 더 날아올랐다──이번에는 안쪽으로.

"──후!"

숨결과 함께 나이프를 휘둘렀다. 뱀의 몸은 단단한 비늘로 덮여 있지만, 진동 마력에 의해 날카로움이 더해진 칼날은 녀석의 몸을 깊숙이 파고들었다. 그와 동시에 강렬한 비린내가 코를 찔렀다. 뱀은 「끼이이이익!」 하고 비명을 지르며 이쪽으로 꼬리를 휘두르려 했다.

"흡!"

꼬리를 내려치는 타이밍에 맞춰서 나이프를 들이밀었다. 나이프가 깊숙이 꽂힌 꼬리가 튀어 오르면서 더욱 깊은 상처를 만들었다. 녀석의 꼬리는 마치 채찍처럼 이곳저곳을 마구 때렸다.

"──!"

순간적으로 꼬리에 스친 손등에 통증이 느껴졌지만──보다 강하게 칼자루를 쥐었다. 주저해서 조금의 틈이라도 보였다가는 곧바로 그 거구에 말려들어 압사당하고 말 것이다. 전신 근육이라고도 할 수 있는 그 몸을 써서, 용수철처럼 날렵한 움직임으로 달려드는 거대한 뱀. 나는 그 목구멍을 겨냥해, 아래에서부터 크게 찢었다.

"끼익……."

쿵, 소리를 내며 뱀이 쓰러졌다. 움찔거림이 이어졌으나, 얼마 지나지 않아 멈췄다.

"──리즈레 씨. 오래 기다리셨죠."

끈적한 체액으로 인해 더러워진 칼날을 천천히 닦으며 칼집에 넣었다. 리즈레는 쭈뼛거리면서 「괜찮…… 으세, 요?」라고 물었다.

"네. 문제없습니다."

오른쪽 손등에 약간의 상처를 입었지만, 그렇게 깊지는 않다. 통증은 있어도 손가락을 움직이는 데는 지장이 없을 것 같다. 만약을 대비해 신경독에 효과가 있는 항독제를 놓고, 붕대로 지혈하고 나서 다시 지게를 메었다.

"갑시다. 목적지까지 거의 다 왔어요."

"……네."

등 뒤의 리즈레는 작은 목소리를 내며 고개를 끄덕였다.

리즈레가 이 광경을 볼 수 없어서 다행이다. 마음씨 착한 그녀는 분명 깊은 상처를 입고 땅에 쓰러진 거대한 뱀에게조차 동정심을 품고, 눈물을 흘릴 테니까.

제4화 조난과 빛

포털이 있는 산골짜기 마을 카르가에 도착한 것은 공방을 떠난 지 이틀째 되는 저녁이었다.

오른손의 통증은 녀석과 싸웠을 때보다 약간 심해졌지만, 필요한 조치는 마쳤다. 특별히 신경 쓸 정도는 아니다. 그것보다 더 걱정된 건, 리즈레가 전이에 의한 「멀미」에 내성을 가지고 있느냐였다. 이는 경험과 체질에 따라 달라지기 때문에 예상할 수 없었다.

"방금 막 도착했습니다만, 바로 포털으로 향하도록 하죠. 숙소는 전이할 곳 근처에 있는 북쪽 마을에서도 충분히 잡을 수 있을 거예요."

"네……."

숲속과는 분위기가 다른 탓일까, 리즈레는 마을에 도착한 후로 안절부절못했다. 나는 일단 리즈레를 내려주기로 했다. 산지와는 달리 포장된 단단한 땅. 왕래하는 사람들의 신발 밑창에서 떨어져 나온 미세한 모래알이 얇게 쌓여 저벅, 하고 스치는 소리가 울렸다.

"리즈레 씨. 거의 다 왔어요. 제 친구는 별난 사람입니다만…… 의사로서의 실력은 확실해요. 분명 리즈레 씨의 몸이 더 건강해지도록 도와줄 겁니다."

"아…… 네."

리즈레가 고개를 끄덕였다. ——손발이 자유롭지 않은 탓에 불안과 초조함을 느끼는 건 다른 누구도 아닌 리즈레 씨 자신이다. 복슬복슬한 부드러운 후드를 푹 덮어준 나는 그녀의 머리를 가볍게 두드렸다.

"함께 가요, 리즈레 씨."

"……네!"

기분 탓인지는 모르겠지만, 목소리에 힘이 실려 있는 것처럼 느껴졌다. 나는 리즈레를 태운 지게를 다시 등 뒤에 짊어지고, 포털의 문을 열었다.

"아——…… 거절합니다."

"네……?"

주인인 전이사의 말에, 나도 모르게 입꼬리를 일그러뜨렸다. 방 안쪽의 카운터와 중앙에 펼쳐진 빈 원진만이 설치된, 아무런 향조차 나지 않는 무기질의 매장——카운터 의자에 걸터앉은, 덩치가 좋은 그 남자는 턱을 괴며 리즈레를 향해 노골적인 시선을 던졌다.

"약장수 씨, 미안하지만 **귀가 긴** 그분과는 함께 전이할 수 없어요. 사실 지금까지 그런 별난 사람——아니, 호사가분이 없었던 것은 아니지만…… 뭐, 잠깐 기다리세요."

귀가 긴 분이라는 말은 엘프의 신체적 특징을 조롱하는 멸칭이다. 어쩐지 마음에 걸렸다. 어떻게든 상황을 설명하기 위해 설명을 덧붙이기로 했다.

"그게, 이분은 환자입니다. 이번에 치료를 위해 북쪽으로——."

"예, 예. 어쨌든 이곳은 인간용이에요. 두건을 써도 다 티가 납니다. 피부, 눈, 머리 색깔을 보면 알아요."

전이사의 시선이 슬쩍 리즈레에게로 향했다. 마치 값을 매기는 듯한, 거침없는 눈초리다.

(전이사가 상대하는 고객 중에는 닳고 닳은 사람도 많다고 들었는데…….)

아니나 다를까, 전이사는 나긋나긋한 목소리로 말을 이었다.

"뭐…… 정 원하신다면 특수 화물 신청과 그에 따른 적절한 수수료를 지불하는 방법도 있습니다."

"특수 **화물**이라고요?"

어디까지 바보 취급할 생각인 걸까——알고 있긴 했지만, 배 밑바닥에서부터 화가 치밀어 올랐다. 하지만 그것을 가로막은 건 리즈레였다.

"약장수, 씨……. 저기, 폐를 끼치…… 는 건, 싫어요. 그, 역시…… 저, 는."

"——윽."

리즈레는 눈물을 글썽이면서도 그걸 필사적으로 참아냈다. 자신이 당하는 부당한 취급에 분노하기는커녕, 오히려 나에게 폐를 끼치지 않을까 걱정하다니.

그런 그녀를 보고 있자니 더 이상 참을 수 없었다. 분노를 뛰어넘어, 머리끝까지 저리는 듯한 뜨거움이 끓어올랐다.

그러나 그 분노를 폭력이라는 형태로 표출할 수는 없었다. 이곳을 이용하지 못해 불이익을 받는 건 그녀였기 때문이다.

"──요금은 두 배로 내겠습니다. 어떻게든 신속하게 보내주지 않겠습니까?"

가능한 한 목소리를 차분하게 가라앉히고 말할 생각이었다. 얼굴이 굳어졌다는 것을 알 수 있었다. 나는 금방이라도 혈관이 끊어질 정도로 눈에 힘을 주어 **부탁**했다. 너무 단단히 벼른 탓일까──손이 자연스레 나이프가 꽂혀 있는 허리 쪽으로 향했다.

그 움직임에 무언가를 감지했는지도 모른다──눈앞에 있는 전이사의 목에서 힉, 하고 이상한 소리가 새어 나왔다. 역시 다양한 고객층을 상대해 온 만큼 눈치가 빠른 모양이다.

"그, 금방 준비할 테니, 잠시만 기다려 주십시오……!"

구르듯 카운터에서 나온 전이사는 준비를 시작했다.

텅 비어 있던 원진 안에 마법진이 떠오르며 전이될 곳의 공간 좌표가 지정됐다.

"약, 장수 씨……?"

"제대로 보내주신대요. 다행이에요, 리즈레 씨."

이동을 위해 다시 지게를 짊어지자, 리즈레는 기쁜 듯이 고개를 끄덕였다.

"앗, 대금도 할증 없이 도착지에서 지불을……."

태도를 돌변한 전이사에게 「신경 써주셔서 감사합니다」라고 인사를 했다. 흔쾌히 두 배 이상 지불할 생각이었지만, 무엇보다 리즈레가 화물 취급받지 않아도 돼서 다행이었다.

방 중앙에 서자, 전이 마법이 작동되면서 부우우웅, 하고 낮은 소리가 들려왔다. 쿠웅, 하고 온몸에 압력이 느껴지며 시야가 하얗게 빛났다.

전이 마법이다.

뇌가 흔들리는 감각과 함께 강한 부유감이 엄습한다. 꾸욱, 하고 입술을 깨물었다. 시간으로 치면 아주 잠깐──「어서 오세요」라고 말하는 목소리가 깜빡이는 시야 밖에서 들려왔다.

"이곳은 북쪽 마을 노스베일의 이동사입니다. 이용해 주셔서 감사합니다."

밝은 여성 안내원의 목소리가 들려온 걸 보면 전이에 성공한 모양이다. 성격이 문제이긴 했지만 역시 그 남자는 어렵다고 유명한 전이사 면허를 제대로 갖고 있었나 보다.

"리즈레 씨, 괜찮아요?"

시야는 곧 원래대로 돌아왔다. 요금을 지불하고 가게를 나온 뒤, 말을 걸었다. 등에서 「괜찮, 습니다」라는 목소리가 들려왔지만, 피로한 기색이 역력했다. 전이에는 마력류라고 불리는 일종의 눈에 보이지 않는 파도가 이용되는데, 때로 몸에 부담을 주기도 한다. 이동한 거리에 비례해서 어느 정도의 피로가 축적된다.

노스베일의 공기는 이동 전에 들렀던 카르가에 비해 훨씬 차가웠다. 방한구 밖으로 튀어나온 볼과 코가 따가울 정도였다. 입김이 하얗게 어는 이곳은 이미 한겨울이었다.

"이제 곧 밤이 될 거예요. 숙소를 잡을까요?"

"저, 저는…… 신경 쓰지, 마세요."

"이 거리의 명물은 돼지고기와 채소, 치즈로 만든 튀김빵이라고 해요. 참 신기한 음식이죠?"

"……잡아, 주세요……!"

리즈레가 웬일로 고개를 힘차게 끄덕이는 모습을 본 나는 음식을 향한 그녀의 호기심을 재확인했다. 포털에서의 불쾌한 기억도 이걸로 날아갈 것이다.

──곧바로 숙소에서 시기로페라는 이름의 튀김빵을 먹은 리즈레가 「육즙이 풍부해서 맛있어요」라고, 귀를 움직이며 좋아했던 것은 말할 것도 없다.

***

철이 들었을 무렵, 부모라는 것은 이미 존재하지 않았다.

어른들은 돌을 던졌으며, 또래 아이들은 그런 어른들을 따라 손가락질했다.

그날, 나는 나무에 기댄 채 땅바닥에 주저앉아 있었다. 전날 밤 내린 비로 인해 땅은 축축하게 젖어 있었지만, 새삼스레 신경 쓰이진 않았다.

더 이상 먹을 것을 찾아다닐 기력도 없었다. 골목을 기어다니거나, 밭에 몰래 숨어들어 욕설과 폭력을 받으며 살아가는 것도 슬슬 한계였다. 날마다 자는 장소를 바꾸지 않으면 쫓겨나기 일쑤였기 때문에 숨죽이고 짧은 잠을 자는 것이 일상이 되었다.

처음 눈에 들어온 것은 큰 발이었다. 그 발이 눈앞에 멈추었다. 나는 고개를 숙이고 있던 얼굴을 살짝 들었다. 술 냄새를 풍기는 어른이 홧김에 때리는 일도 있었기에, 웬만하면 안 아팠으면 좋겠다고 생각했다.

(뿔…….)

본 적 없는 어른이었다. 발과 마찬가지로 다른 신체 부위 역시 거대했으며, 이마에는 뾰족한 뿔 두 개가 자라나 있었다. 몸 곳곳에 감긴 붕대도, 거무스름한 피부도, 낡아빠진 큰 망토도, 등에 짊어진 유난히 큰 검도. 무엇보다——날 바라보는 표정도 처음 보는 것이었다. 그 표정이 웃는 얼굴이라는 것을 알아차린 건 잠시 후의 일이었다. 손가락질하는 아이들의 미소와는 너무 달랐기 때문이다.

"뭐야. 너, 배고프냐?"

확실히 배가 고팠다. 아플 정도로. 그러나 공복에 시달리지 않았던 적은 거의 없었기 때문에 남자가 하는 말이 이해되지 않았다.

그 어른은 투박하고 큰 손을 내밀며 말을 이었다.

"따라와라. 먹여주마. ——어서."

그건 내가 태어나서 처음 듣는 말이었다.

꽃 같은 부드러운 달콤한 향기가 났다. 문득 눈을 뜨니, 바로 앞에 리즈레의 얼굴이 있었다. 무심코 숨을 멈췄다.

우리가 잡은 숙소는 침대가 하나밖에 없는 방이었다. 나는 바닥에서 자겠다고 했지만, 리즈레가 「그렇다면 제가」라며 양보하지 않는 바람에 이렇게 나란히 자게 됐다.

(잘…… 자고 있구나.)

리즈레는 잔잔한 호흡을 뱉고 있었다. 앳된 얼굴에 나도 모르게 미소가 지어졌다. 치료 과정에서 만지거나 관찰하는 일은 있어도, 이렇게 말없이 잠자는 얼굴을 쳐다볼 기회는 없었던 것 같다.

(나도…… 생각보다 깊이 잠들었어.)

산속을 걷고 전이까지 한 탓에 피로가 겹친 걸까. 꽤 예전 꿈까지 꾸고 말았다.

(……그립네.)

이루다인에게 돌팔매질을 당하던 나날을 보내고 있던 어린 시절의 나를 구해준 것은 마족——하프 오거인 그였다. 마찬가지로 인간에게 박해받는 처지였지만, 그럼에도 강한 사람이었다. 그 사람 덕분에 지금의 내가 있다.

그렇기 때문일까——눈앞에 있는 그녀를 처음 봤을 때, 내버려 둘 수 없었다.

새근새근, 기분 좋은 숨소리가 들렸다. 천 너머의 따뜻한 체온. 은은하게 느껴지는 달콤한 향기——편안한 공기가 흐르고 있다.

정신을 차리고 보니 나는 또 유혹에 넘어가듯 잠에 빠져 있었다.

＊＊＊

앞을 바라보는 눈이, 숨을 쉬는 폐가, 장갑을 낀 손끝도, 눈을 차듯 걷는 발끝도, 전부 다. 온몸이 얼어붙은 공기에 찔려 고통을 호소한다. 정면에서 불어오는 눈과 그로 인한 통증 때문에 안 그래도 희박한 공기를 잘 폐가 받아들이지 못한다. 숨쉬기 괴롭다.

"약, 장수…… 씨. 괜찮…… 아요?"

등 너머의 리즈레가 걱정스레 물었다. 나는 「괜찮아요」라고 대답하고 나서 곧바로 「미안해요」라고 고쳐 말했다.

산길을 걷는 다리가 무겁다——몸이 뜨겁고, 무엇보다 전신이 나른하다.

(이건…… 날씨와 피로 때문이 아니야.)

나와 리즈레는 눈보라의 한가운데를 걷고 있었다. 친구가 머무는 곳이 있는 산령——그 산길을 설피를 신고 걸어가는 중이었다.

노스베일에서 산기슭까지는 사슴이 끄는 차로 여유롭게 이동할 수 있었지만, 거기서부터는 걸어갈 수밖에 없었다. 그래도 걷기 시작할 무렵에는 하늘이 맑게 개어 있었는데, 눈이 흩날리기 시작하더니 눈 깜짝할 사이에 날씨가 변했다.

게다가 컨디션 난조까지.

(보통 감기라면 차라리 나을 텐데…….)

뱀 마물과 싸웠을 때 생긴 상처가 원인이라면 좀 성가시다. 휴식만으로는 낫지 않는다. 역시 독인가. 아니면 다른 감염증? 회전하지 않는 머리로 계속 생각해 봤자 아무런 해답도 나오지 않을 것이다.

(말하진 않았지만, 땅에 내려오지 못하는 상황이 이어진 탓에 리즈레 씨도 괴로울 거야⋯⋯. 어딘가에서 휴식을 취해야 해.)

시야가 최악인 가운데 필사적으로 눈을 부릅뜨고 걷자, 하얀 경치에 섞이듯 희미하게 검은색의 무언가가 보였다──동굴이다. 운이 좋다고 생각한 나는 그쪽을 목표로 했다.

거리가 멀어 보이지는 않았지만, 실제로 거기까지 도달하는 데는 상당한 시간이 필요했다.

그렇게 깊은 동굴은 아니었다. 눈 속에 깊이 파묻힌 바위가 깎여 생긴, 작게 움푹 팬 공간 같은 곳이었다. 그래도 눈과 바람을 막아주는 만큼 아주 조금은 추위가 덜해진 것 같았다──순간 갑자기 피로가 덮쳐 와, 쓰러지려는 몸을 지탱하느라 안간힘을 써야 했다.

우선 리즈레와 짐을 내려둔 뒤, 가방 속에서 마른 가지를 꺼내 불을 붙였다.

"수프라도 데울까요?"

냄비를 꺼내려고 했을 때였다. 손이 미끄러지는 바람에 땅에 떨어뜨리고 말았다. 쾅, 하고 큰 금속음이 동굴 안에 반향을 일으켰다.

"죄송합니다. 힘이 조금⋯⋯."

"괜찮⋯⋯ 아요. 그러니, 무리⋯⋯ 하지, 마세요⋯⋯."

"아닙니다. 하지만⋯⋯ 오늘 밤은 여기서 지내야 할지도 모르겠네요."

눈보라는 강해지기만 할 뿐, 그칠 기미가 보이지 않았다. 게다가 한기와 권태감이 점점 강해졌다. 오른손은 시큰시큰 저렸으며 감각이 둔했다.

"일이 이렇게 돼서 죄송합니다……."

"아뇨……. 신경 쓰지…… 말아 주세요……."

리즈레는 그렇게 말하고는 입을 다물었다. 리즈레 또한 피곤할 것이다. 움직이지 못하는 채로 눈보라에 노출되어 있었으니 몸도 많이 차가워졌겠지.

"──수프가 다 데워졌어요. 드세요."

그렇게 말하며 숙소에서 나눠준 수프를 리즈레의 입가로 옮겼다. 입술을 꽉 깨물고 나서 「죄송합니다」라고 말한 그녀는 그 뒤로 거의 아무런 말도 하지 않았다.

다음 날 아침. 눈보라가 잦아든 산길을 다시 걷기로 했다. 쌓인 지 얼마 안 된 눈은 부드러워서 설피를 신고 있어도 발이 쉽게 빠졌다. 걷기 힘드네…… 라고 생각하면서 몸을 끌듯이 나아갔지만, 그것이 눈 때문이 아니라는 것을 깨달은 것은 해가 높아지기 시작했을 무렵이었다.

눈이 부신 건 태양을 반사한 설면의 빛 때문인가 싶기도 했지만, 아무래도 아닌 것 같다. 어젯밤부터 이어진 컨디션 난조가 오늘까지 이어진 모양이다. 그리고 지금, 그것이 명확하게 드러나고 있었다.

(과신한 걸까──.)

나쁜 버릇이다. 나 혼자서 어떻게든 할 수 있을 거라 생각하고 무리를 하고 말았다. 종종 주의를 받곤 했는데.

"죄송합니다……. 리즈레 씨, 잠시——"

말이 제대로 나오지 않는다. 머리 회전도 나쁘다. 이대로 쓰러질 수는 없다.

(구조 마법을——.)

손가락에 마나를 흘리고 허공에 이미지를 띄웠다. ……안 돼. 아직 의식을 잃을 수는 없어. 그녀를, 리즈레를 구하기 위해 여기까지 왔잖아.

아무것도 하지 못하고 이런 곳에서 쓰러질 수는——.

***

강한 흔들림과 충격에, 리즈레는 무심코 눈을 감았다. 그러고는 황급히 자신을 여기까지 업어 온 약장수에게 말을 걸었다.

"약장수 씨……! 괜찮으……신, 가요? 약장수 씨——!"

대답 대신 헉헉, 하고 거친 숨소리가 들렸다. 이상하다——무슨 일이 생긴 게 분명하다.

(약장수 씨, 어떻게 된 거지……?)

모르겠다. 지게에 묶여 꼼짝도 할 수 없고, 눈도 보이지 않는 자신으로서는…… 지금 무슨 일이 일어나고 있는지조차 파악할 수 없다.

어제부터 약장수 씨의 상태가 이상했다. 등 너머의 체온은 평소보다 따뜻했고, 호흡도 흐트러진 듯했다.

"조금 지친 것 같아요⋯⋯."

동굴에서는 상냥한 목소리로 그렇게 말했다. 그런데도 리즈레를 위해 불을 지피고, 수프를 데워서 먹여줬다. 그런 약장수 씨를 위해 아무것도 할 수 없는 자신을 답답하게 느끼며, 하루를 보냈다.

"약장수 씨⋯⋯ 분명 몸 상태가⋯⋯ 어떻게, 해야."

자신은 왜 이렇게나 쓸모가 없는 걸까? 약장수 씨를 돕고 싶은데. 어째서 한 발짝도 앞으로 나아가지 못하는 거지? 어떻게 해야 약장수 씨를 도와드릴 수 있을까?

"저⋯⋯ 정말로, 민폐를 끼치기만⋯⋯ 아무런 도움도⋯⋯."

애초에 약장수 씨가 여기까지 오게 된 것은 리즈레를 친구인 의사에게 진찰받게 하기 위해서였다. 그런데도 자신은 아무것도 할 수 없다는 것인가──.

(이런 거, 싫어.)

돕고 싶다──이 상냥한 사람을.

눈이 보이지 않는 나는 이 사람의 얼굴조차 모른다. 하지만 불안하고 괴로운 생각에 빠져 있던 나를 구해준 것도, 귀가 길다고 멸시받던 자신을 위해 화를 내준 것도, 전부 다──.

(약장수 씨, 였으니까⋯⋯!)

"이번, 에는⋯⋯ 제가⋯⋯ 어떻게든⋯⋯!"

우는 소리 따위는 할 수 없다. 무조건 이 사람을. 약장수 씨를 돕는다.

——온몸이 뜨거워진다. 숲에서 노래를 불렀던 밤처럼. 전신에 마력이 돈다.

"약장수, 씨를…… 구해……."

번쩍, 하고 눈앞에 빛이 가득 차올랐다. 너무나도 눈부신 그 빛에, 리즈레는 무심코 눈을 감았다. 그 빛은 자신의 가슴에서 뿜어져 나오고 있었다.

(약장수 씨에게서 받은, 목걸이……!)

구조 신호. 확실히 그런 장치가 있다고 약장수 씨가 말했다.

목걸이는 리즈레의 눈이 아플 정도로 한동안 강하게 빛났다. 그럼에도 바라지 않을 수 없었다.

(좀 더, 좀 더 좀 더 좀 더——!)

빛나줘. 언제까지나 계속. 더 강하게. 누군가가 이 착한 사람을 도와줄 때까지. 제발, 제발——.

"……!"

누워 있는 상태였음에도 불구하고 불현듯 머리가 흔들린 것 같았다. 어지러웠다.

잠재적 마나가 목걸이에 단번에 쏟아 부어지며 고갈됐다. 그와 동시에 목걸이가 빛을 잃었다. 파직, 소리를 내며 중심의 보석이 부서졌다.

"안…… 돼. 좀 더……."

마나의 고갈도 문제였지만, 리즈레의 몸 절반을 덮은 눈이 열과 체력을 빼앗고 있었다.

(안 돼…… 잠들면, 안 돼. 약장수 씨를…… 누군가.)

리즈레의 의사와는 반대로, 한계에 다다른 몸은 당장이라도 그 의식을 내려놓으려 하고 있었다.

"약…… 장수, 씨."

적어도 이 몸으로 그의 몸을 덮어줄 수 있다면 따뜻하게 해줄 텐데. 눈가에 맺힌 눈물이 뺨을 타고 설면으로 떨어졌다.

만약 이 손이 움직인다면. 적어도 손을.

"누군가…… 약장수 씨를…… 구해, 줘."

그 말이 자신의 목에서 나왔는지조차 알 수 없었다.

그 의식을 내려놓는 순간, 리즈레는 누군가의 발소리를 들은 것 같다는 생각이 들었다.

텅 빈 손을 가진 청년

　모든 것이 끝나고 말았다.

　목표로 하고 있던 것, 이상, 그것을 함께 좇던 동료들, 그 모든 것이. 무너지고, 패배하고, 잃어버렸다.

　남은 거라곤 더러워진 자신의 손. 아무것도 잡을 수 없었던 이 손뿐이다.

　"――이봐, 듣고 있어?"

　익숙한 남자의 목소리가 청년의 의식을 되돌렸다. 뚫어지게 바라보고 있던 것은 자신의 손이었다. 단단하고 상처투성이인 손은 실제 나이보다 더 나이 들어 보였다.

　"죄송합니다. 못 들었어요."

　솔직하게 대답하자, 한숨이 돌아왔다.

　청년과 남자가 있는 곳은 새하얀 방이었다. 아무런 장식이 없는――그곳은 병실이었다. 정확히 말하면 의사이기도 한 남자의 거처에 마련된 병실. 창문 밖으로 새하얀 눈이 보였다.

　"이제부터 어떻게 할 셈이야?"

　청년은 굳어졌다. 아마 이걸로 두 번째 질문일 것이다. 솔직히 대답하기 곤란했다. 해야 할 일은 있다――그것이 소중한 사람이 남긴 말이니까.

　하지만.

　고개를 숙이고 있던 얼굴을 천천히 들었다. 온몸에 흉터가 가

득한 남자는 청년의 얼굴을 본 순간 다시 한숨을 내쉬었다.

"우울한 얼굴이군. 어쩔 수 없어……. 이젠 다 끝났다. 그 녀석도…… 돌아오지 않아."

그렇다. 알고 있다.

잃어버린 것은 돌아오지 않는다.

잘 알고 있다. 내가 오랫동안 해온 일이니까.

바깥 공기 때문인지 방안이 조금 쌀쌀했다. 찬 공기가 지나간 것 같은 기분이 들어 목 뒤를 쓰다듬자, 늘어진 머리카락이 만져졌다. 은인이며 부모이기도 한 사람을 흉내 내서 기르고 있었다. 항상 그 등을 바라보던 나는 조금이라도 그와 가까워지고 싶었다.

(하지만…… 이제 없어.)

창밖을 바라봤다. 검은 대지를 뒤덮을 정도의 설경. 새하얀, 무구의 세계.

"……저기. 한 가지 여쭤봐도 될까요?"

청년은 밖을 바라보며 입을 열었다. 남자는 똑똑하니, 분명 자신의 의문에 답을 해줄 것이다. 그런 기대가 있었다.「뭔데」라며, 남자가 되물어 왔다.

문득, 바깥 경치를 비추는 창문에 내 얼굴이 비치고 있다는 것을 깨달았다. 탁하고 빛이 없는 눈. 어디서 본 적이 있다──금방 깨달을 수 있었다.

(아아, 그렇군.)

자신이 목숨을 빼앗아 온. 그런 사람들이 마지막에 보여주던

눈이다.

(나도 분명 죽은 거야.)

은인이 죽기 일보 직전, 나에게 고한 그 말이 나를 찔렀다. 지금까지의 내 인생은 죽어 버렸다.

씻어도 씻어도 더러운, 텅 빈 손. 아무것도 붙잡지 못하는 손. 나에게는 이제 그것밖에 없다.

청년은 남자를 돌아봤다. 뱀을 닮은 남자의 눈동자에 비치는, 죽은 눈을 한 자신이 중얼거렸다.

"마음대로 살라니…… 무엇을 하면 되는 걸까요."

제5화

리즈레의 결의

"지금부터 만나러 가는 의사는 괴짜지만, 뭐, 나쁜 놈은 아니니 안심해. 솜씨도 훌륭하다. ……하핫, 괜찮다니까! 괴짜이긴 해도."

손바닥으로 툭, 하고 등을 두드리며 남자가 말했다. 거무스름하고 커다란, 단단한 손이었다.

두 개의 뿔 바로 아래에는 붕대가 감겨 있었는데, 한쪽 눈이 안 보이는 것 같았다. 「그렇게 대단한 의사라면 그 눈도 고쳐 달라고 하지 그래」라는 말을 한 기억이 떠올랐다. 그는 조금 곤란한 듯, 「이건 시간이 너무 많이 흘러서 안 돼」라고 말하며 웃었다. 어쩐지 항상 웃고 있는 사람이라는 생각이 들었다.

그가 나를 의사에게 데려간 이유는 내가 너무나도 **삐쩍 말라 있었기 때문**이라고 한다. 영양실조 상태가 오래 지속되면 몸에 이상이 생기기도 하는데, 그걸 걱정한 모양이다.

"아담! 잠깐 이 애를 봐주지 않겠어?"

마치 자신의 집인 양, 거리낌 없이 지인의 집에 발을 들인 그는 아담이라고 불린 사람에게 나를 내밀었다. 그는 키가 컸으며, 백의를 입고 있었다. 긴 머리가 얼굴을 가리고 있는 탓에 남자인지 여자인지 알 수 없었지만, 그 첫마디를 통해 도도한 성격을 짐작할 수 있었다.

"뭐어? 나는 연구하느라 바쁘다. 왜 내가 또 네 개를 돌봐줘야

95

하지?"

개. 개인가. 뭐, 그럴 수도 있겠네, 하고 어린아이였던 나는 이상하게 납득했다.

거리에서는 들개와 다름없는 생활을 보냈다. 적어도 이런 저택에 살며 의사 일을 하는 사람의 입장에서 보면 개와 큰 차이가 없음에 틀림없다.

그리고 그런 취급을 받는 것은 이미 충분히 익숙했다.

"그렇게 말하지 마라. 이 녀석은 소중한 아이야."

그는 또 거리낌 없이 내 머리에 손을 얹었다. 의사는 방금 들은 말의 의미를 알 수 없어 멍해진 나를 돌아봤다. 세로로 긴 동공이 무언가를 닮았다는 생각이 들 무렵, 그는 그 눈으로 빤히 이쪽을 관찰하기 시작했다. 그것은 진찰이라기보다는 마치—— 아아, 그래, 사냥감을 품평하는 뱀 같았다.

손이 쭉 뻗어져 나오더니 나의 앙상한 팔을 잡았다. 이상하게 차가운 손끝의 오싹한 감촉이 등줄기까지 전해졌다. 문득, 백의의 소매에 드러난 손목에 누덕누덕하게 꿰맨 자국이 있는 것을 눈치챈 나는 별생각 없이 그곳을 응시했다.

쳇, 하고 의사가 혀를 찼다.

"하여간…… 데려올 거라면 살아 있는 아이보다는 신선한 시체를 데려와라. 부품(파츠) 한두 가지 정도 얻지 않는 이상, 나로서도 딱히 이득이——."

＊＊＊

(──또 꽤 오래전의 꿈을 꿨구나…….)

눈을 뜨는 순간, 그렇게 이해한 나는 한숨을 쉬었다.

요즘 자주 옛날 꿈을 꾼다. 어쩌면 일종의 주마등일지도 모른다. 실제로 지금 나는 설산에 쓰러져 있다. 리즈레를 도와주지도 못하고 이 얼마나 한심한가──.

"어라…… 여긴."

착각이었다는 것을 깨달은 것은 추위가 느껴지지 않았기 때문일 것이다. 그리고 경치. 어떻게 봐도 이곳은 실내였다. 더 자세히 설명하면, 푹신한 바닥은 눈과 같은 냉기 따위는 조금도 느껴지지 않았으며 오히려 따뜻했다. 침대에 누워 있는 모양이었다. 약품 특유의 풋내와 알코올 향이 은은하게 풍겼다.

"이제야 잠에서 깬 것 같군, 쿠로스케."

"윽!"

귀에 익은 목소리에 눈을 부릅뜨자, 소녀가 있었다. 심지어 내 머리맡에.

몸에 달라붙을 듯한 니트 원피스에 흰 상의를 걸친 모습이 눈에 들어왔다. 곱슬기가 있는 은빛 머리카락은 허리까지 아무렇게나 흘러내리고 있었으며, **뱀을 닮은 보랏빛 눈동자가** 재미있다는 듯이 이쪽을──아니.

(화가 난 거야, 이건.)

그렇게 짐작할 수 있었던 건 오래 알고 지낸 사이이기 때문이다. 아니나 다를까, **그**는 어딘가 굳어진 미소로 말을 이었다.

"네놈, 또 어긴 거냐? **그 녀석**의 말을. 고수를 보내지 않았다면 엘프랑 나란히 죽었을 거다."

와인 잔을 한 손에 들고 잔소리를 늘어놓은 것은 오랜 지기이자, 내가 이번에 이곳까지 찾으러 온 상대──아담스카 본인이었다.

"아담 씨…… 오랜만이에요."

"그 입으로 오랜만이라고 말할 수 있는 것도 고수 덕분이라고 생각하도록 해. 네놈의 신호가 너무나도 약한 탓에 찾는 데 꽤 고생했다고. 마나가 너무 부족하다."

"그게…… 도중에 마물과 교전을 벌였거든요. 그래서 약간 부상을──"

"부상은 계기에 불과하다. 네놈은 그냥 과로로 쓰러진 거야, 멍청아. 나약한 주제에 마물과 싸우지 마라."

"하지만."

"머리를 쓰면 할 수 있는 방법은 얼마든지 있을 거다. 정면으로 부딪치는 것만 생각하니까 그런 일을 당하는 거야. 게다가 나약한 주제에 아슬아슬한 수준까지 판단을 주저하다니. 멍청한 짓도 적당히 해라, 쓰레기 자식아."

"……죄송합니다."

하염없이 쏟아지는 욕설을 어떻게든 멈추기 위해 일단 사과했다. 그것보다도 지금 신경 쓰이는 건.

"저기, 리즈레 씨…… 엘프 여성은……."

"물론 엘프 아이도 무사하다. 지금은 별실에 있어. 그런 이유

로 말이다.”

아담스카는 그렇게 말하며 히죽 웃었다.

“무사해서 다행이긴 한데…… 돈은?”

“당연히 준비했습니다만…….”

조수인 고슈가 거구에 어울리지 않게 (라고 말하면 실례일지도 모르지만) 작은 컵에 따뜻한 약탕을 따른 뒤, 이쪽으로 건넸다. 안하무인인 주인의 모습은 이미 익숙해진 거겠지.

“아담 씨도 일을 시작하면 생활에 곤란하지 않을 정도로 돈을 벌 수…….”

“싫어. 절대로 싫어.”

“두 번씩이나 말하시는 건가요.”

“내 예지는 나의 호기심과 탐구심을 충족시키기 위한 것이다. 동네 의사 따위는 당치도 않고, 부자들의 도락에 어울릴 생각도 없어.”

그렇게 말하며 아담스카는 자기 머리를 툭툭 가볍게 쳤다. 이마에는 깊은 흉터가 있었는데, 이는 전신까지 이어지고 있었다.

그 흉터는 아담스카가 「불사의 어둠의 의사(죽지 않는 무면허 의사)」라고 불리는 이유이자, 육체 연구를 위해 자신의 몸을 바쳐 데미 리치로서 존재하고 있다는 증거이기도 했다. 현재의 신체도 어떠한 방법을 써서 사들인 다른 사람의 신체 부위를 이용해서 만들었을 것이다.

“그럼…… 이 정도면 충분할까요?”

나는 고슈가 회수해 준 짐에서 준비해 둔 금화를 꺼냈다. 근근

이 살아가면서도 검소한 생활을 선호하는 내가 그동안 모아둔 돈이었다.

그것을 본 아담스카의 눈이 반짝반짝 빛났다.

"음, 아주 좋아! 당분간 파츠를 모으는 데는 곤란하지 않겠어."

만족스럽게 말한 아담스카는 그것들을 고슈에게 회수시키고 나서 몸을 홱 돌렸다.

"그럼, 이번에는 본론인 엘프 아이에게 가볼까."

"그렇다면 저도——."

그렇게 말하며 일어나려 했을 때였다. 따악, 하고 아담스카가 손가락을 울리자마자 고슈가 허겁지겁 다가와 내 손목에 수갑을 채워, 그대로 침대에 고정했다.

"어라? 저기, 아담 씨?"

"일단 받을 건 받았으니 너는 당분간 절대 안정을 취해라."

"하지만 리즈레 씨는 제 환자——."

"절대 안정, 이다."

아무런 반론도 허락하지 않는 말투에 그만 말문이 막혔다. 그가 절대 안정이라고 말한다면 반드시 그럴 필요가 있는 상태일 것이다.

"네놈도 약사다. 환자에 대한 책임이 있는 것은 알아. 안심해. 그녀는 제대로 진찰해 줄 거니까."

"……네."

그렇다. 이를 위해 여기까지 찾아왔다.

시체를 이용한 아담스카의 마의학 실험은 윤리적으로 수상쩍은 구석이 있다. 게다가 그는 스스로 인간의 길을 벗어나면서까지 그 연구에 혈안을 올리는 괴짜이기도 하다. 하지만 의사로서의 실력은 확실하며 결코 악인도 아니다. 그것을 충분히 이해할 수 있을 만큼의 긴 시간을, 그와 함께 보냈다.

"……죄송합니다. 잘 부탁드려요."

"그래. 내 아르마에 맡겨만 둬."

그렇게 말하며 웃는 아담스카——의 미소가 일순간 끈적하게 무너졌다.

"우후…… 엘프의 뼈는 오랜만이야♡"

"……저기, 역시 저도!"

날뛰었지만 완전히 고정된 상태에서는 해변에서 튀어 오르는 새우처럼 펄쩍펄쩍 뛰는 게 고작이었다. 아담스카는 팔랑팔랑 손을 흔들며 방을 나섰다.

아담스카의 아르마는 결코 오진을 내리지 않는 상식 밖의 힘을 지니고 있다. 나도 그 힘에 도움을 받은 적이 있다. 어린 시절에 날 주워준 은인과 그의 친구였던 그 덕분에 지금의 내가 있다고 말할 수 있을 정도였다.

그래서 아담스카의 진찰은 신뢰할 수 있다. 하지만.

(할 수 있는 게 아무것도 없다는 건…… 정말로 마음이 진정되지 않는구나.)

수갑에 채워져 천장을 바라보고 있을 수밖에 없는 자신의 한심함이란. 이것도 다 판단을 잘못해, 리즈레를 위험에 빠뜨린

벌이라고 생각하면 어쩔 수 없는 일인지도 모른다.

잠시 후, 아담스카가 기지개를 켜며 돌아왔다.

"저기, 리즈레 씨는……."

"저쪽에서 아직 자고 있다. 단번에 마나를 방출한 탓에 피곤한 모양이야. 뭐, 곧 눈을 뜨겠지. 만나면 감사의 말을 전하도록 해. 그녀 덕분에 고슈가 네놈들을 찾을 수 있었으니까."

"그랬군요……."

그녀를 도울 생각으로 여정을 떠났건만 반대로 도움을 받고 말았다. 하지만 그런 일을 할 수 있을 정도로 리즈레가 회복되고 있다는 것은 기쁘기도 했다.

"자세한 얘기는 식사하면서 하자. 고슈가 한 요리는 꽤 먹을 만해. 말 그대로, 요리사의 팔(파츠)을 가지고 있거든."

주인과 마찬가지로 흉터투성이의 몸을 한 고슈의 팔을 두드리며, 아담스카가 말했다.

"저기…… 그건 괜찮은데요. 이제 슬슬 풀어주시지 않을래요?"

절그럭, 소리를 내는 수갑을 본 아담스카는 「이런, 잊고 있었어」라며 시치미를 떼었다.

음식은 확실히 맛있었다. 직접 만든 빵에 고기, 수프, 샐러드…… 가짓수도 많고 하나하나 전부 손이 많이 가는 요리뿐이었다. 약품 냄새가 풍기던 실내는 순식간에 식욕을 돋우는 향기로 가득 찼다. 리즈레에게 먹여주면 좋아하지 않을까, 하고 나도 모르게 스테이크를 쳐다봤다.

"꽤 흥미로운 상태였어."

자기 입 크기에 맞춰 스테이크를 작게 자르며 아담스카가 신나게 말했다.

"피부와 내장의 손상은 자연 치유될 거다. 네놈의 처치도 나쁘지 않더군."

"그건…… 다행이네요."

최근 리즈레의 모습을 통해 확실히 그 부분은 괜찮을 거라고 예상하고 있었다. 하지만 신뢰하는 의사로부터 보증을 받는 것은 역시 든든하다.

그러나 본론은 이제부터다.

"눈과 사지는……."

"……네."

"일단 오른쪽 눈은 마나가 시각을 고의적으로 차단하고 있다. 그에 반해 왼쪽 눈은…… 안구는 있지만 더 이상 신경과 연결되지 않을 거야."

"그런가요……."

고의적으로 차단──그것은 분명 자신의 몸과 마음을 지키기 위한 방어 반응이었을 것이다. 무서운 것을 더 이상 보지 못하도록 하기 위해서.

"그리고 팔다리. 이쪽은 외상이 아니라 부패의 저주와 감염병이 함께 절찬 진행 중이다. 네가 편지에 적은 대로 진행 속도는 꽤 느려. 하지만 그저 엘프의 특수한 대사 구조 덕분이겠지. 지연시킬 수는 있어도 멈출 수는 없을 거다."

"……나을 방법은……."

"너도 이미 알고 있을 텐데? 부패한 부분은 이제 어쩔 수 없어. 새로운 파츠를 찾지 않는 이상."

아담스카는 그렇게 말하고는 손에 든 잔을 홱 기울였다. 빨간 액체가 잔 안에서 조용히 흔들렸다. 보랏빛 눈동자가 이쪽을 향해서——분명히 고했다.

"내버려 두면 생명에도 지장이 생길 거다. ……뭐, 여기서 사지를 전부 잘라버릴 수밖에 없을 거야."

***

처음 만났을 때부터 괴사가 진행되고 있던 리즈레의 팔다리. 절단할 결심을 미처 하지 못했던 나는 나도 모르는 사이 그녀의 목숨을 위험에 빠뜨리고 있었다——.

"……실례합니다."

리즈레가 눈을 떴다는 이야기를 들은 나는 그녀의 방을 방문했다. 침대에 누워 있던 그녀는 내 목소리를 듣자마자 「무사해서, 다행이야……」라고 말하며 미소 지었다.

그 옆에 놓여 있던 의자를 당겨 앉았다. 약간 작은 의자가 삐걱삐걱 비명을 질렀다.

"감사합니다. 리즈레 씨 덕분이에요."

"그럴 리가요. 저…… 무슨 일을, 했는지, 기억이……."

"그 구조 신호 목걸이로 도움을 요청해 주셨습니다. 그래서 지금 이렇게 둘 다 무사한 거예요. 죄송합니다──제가 잘못된 판단을 내리는 바람에 위험에 노출되고 말았어요……."

입을 여는 동안 말이 무겁게 내 배를 짓눌렀다. 판단 미스. 난 언제나 그렇다.

설산에서도…… 그전에도 계속. 그럼에도 아무것도 하지 못하는 답답한 자신이란……. 그 감정은 이제 노여움에 가까웠다. 무능한 자신을 향한.

"……저기. 약장수, 씨. 무슨 일…… 있었, 나요?"

내가 입을 다물었기 때문일까. 아니면 무언가를 감지한 걸까. 리즈레의 목소리에 걱정하는 기색이 스며들었다.

"……이곳에 있는 친구가 리즈레 씨를 진찰해 줬습니다만……."

"네."

"……그게. 손발의 상태가 제 생각보다…… 좋지 않아서요. 이대로 방치했다가는 당신의 목숨을 앗아갈 수도 있다고 해요. 그래서……."

순간 말문이 막혔다. 소리 내어 말하고 싶지 않다──전하지 않을 수만 있다면 얼마나 좋을까. 그런 생각이 들었다.

"여기서 절단할 수밖에 없는…… 상황이라고 합니다."

가능한 한 분명히, 그렇게 말했다. 아담스카에게 그 역할을 넘길 수는 없었다. 여태껏 리즈레를 진찰해 온 건 자신이며, 책임을 져야 하는 사람 또한 자신이니까.

"아담 씨의…… 의사로서의 실력은 확실하고, 오진의 가능성

역시 한없이 낮습니다. 또, 절단 후에는 리즈레 씨에게 적합한 팔다리를 찾아본다고 해요……. 하지만 실제로 사지를 전부 발견하긴 어렵겠죠. 수술에는 저도 동석할 생각입니다만……."

그 눈을 보는 것이 두려웠다. 자신의 발언이 지금 그녀를 얼마나 불안하게 만들었을까…… 얼마나 절망하게 만들었을까. 그걸 확인하기가 무서웠다.

아무리 현재 팔다리를 움직이지 못한다고 하더라도, 지금 있는 손발을 전부 잃는 것──그걸 두려워하지 않는 자는 없을 것이다.

"죄송합니다. 리즈레 씨. 제 실력으로는 미처……."

"……약, 장수 씨."

불쑥 이름이 불린 나는 리즈레의 얼굴로 시선을 돌렸다.

리즈레의 눈가에는 눈물이 그렁그렁 맺혀 있었다. 보이지 않는 눈은 똑바로 이쪽을 향했으며, 그 입가는──꿋꿋하게 미소 짓고 있었다.

마치 한심한 자신을 격려하듯이.

"괜찮…… 아요. 저는…… 약장수 씨를──믿어요."

"……윽."

나는 그녀의 솔직한 말을 잘못 받아들이지 않기 위해 안간힘을 썼다.

리즈레의 어깨가 떨렸다. 당연히 무서울 거다. 얼굴도 모르는 상대에게 이런 가혹한 얘기를 들었으니까……. 그럼에도 리즈레는 이를 똑바로 받아들였다.

"의사, 선생님은…… 아직, 모르겠…… 지만. 약장수 씨의, 상 냥함이나…… 약장수 씨의, 대단함. 저는, 잘 알고…… 있어요. 수술…… 함께라면, 안심이에요."

"……감사합니다."

나는 고개를 숙였다. 그 밖에도 여러 가지 말이 머릿속에 맴돌 았지만, 리즈레의 강한 마음을 마주한 내가 가장 말하고 싶은 건 그 한마디였다.

그리고 떨리는 그 어깨를 툭, 받쳤다.

여기까지 믿어주는 이상, 나도 각오를 다져야 한다.

"리즈레 씨."

"……네."

수술 결과가 어떻게 될까. 그건 당일이 되지 않으면 모른다.

하지만 내가 할 일은 정해져 있다. 결과가 어떻든 간에, 이 사 람을 위해 전력을 다하는 것이다.

"함께…… 힘내요."

내 말에 리즈레는 「네」라며 고개를 끄덕여 주었다.

그 어깨는 더 이상 떨리지 않았다.

수술은 곧바로 진행하기로 했다. 절단하기로 결정한 이상, 멀 쩡한 부분까지 부패가 진행되는 것을 막아야 한다.

"리즈레 씨. 괜찮을 거예요."

실내는 환기와 온도 관리를 위한 싸늘한 공기로 가득 채워졌 다. 수술대에 누운 리즈레는 울거나 무서워하는 기색도 보이지 않고, 「잘 부탁…… 합니다」라고 당차게 말했다.

"내 냉안고(컬렉션)에 적당해 보이는 손과 발이 하나씩 있다. 모든 것이 끝나는 일은 없을 거고, 부패한 손발보다는 도움이 될 거야. 오히려 수술이 끝난 이후의 회복 훈련이 지옥 같을 테니, 각오해 둬."

가벼운 어조로 아담스카가 말했다. 협박하는 듯한 말투지만 목소리는 상냥하다. 분명 격려하고 있을 것이다. 리즈레도 어색하게 미소 지었다.

수술은 용아침으로 조제한 마취를 놓는 데서부터 시작됐다. 입과 코에도 마취약을 분무해 이를 들이마시게 하자, 리즈레는 금방 의식을 내려놓았다.

손발을 묶은 뒤, 꼼꼼히 소독했다. 강한 알코올 냄새가 코끝에 닿았다.

"네놈은 진동 나이프로 절단하고, 단면을 처치해 둬. 나는 자른 끝에서부터 뼈와 살을 접합해 나갈 거다."

터무니없는 내용이지만, 수년간 마의학 연구와 실험을 해온 그이기에 할 수 있는 방법이었다.

"알겠습니다."

각오는 이미 다졌다. 이 수술의 결과를 짊어질 각오를.

심호흡을 한 번 내뱉은 나는 그의 말대로 진동을 가한 나이프를 살짝, 리즈레의 팔에 가져다 댔다.

——리즈레는 종종 한쪽 눈을 열고 꿈결에 주위를 둘러보았다. 의식이 돌아온 것이 아닌, 마취가 잘 되었다는 증거였다.

살을 발라내고 뼈를 깎는 소리가 실내에 울려 퍼졌다. 나는 눈을 부릅뜨고 처치를 계속했다. 나이프를 통해 손가락 끝에서부터 힘줄에 전해지는 감촉도, 공기에 섞이는 그 냄새도. 그 모든 것을 곱씹고, 받아들이면서.

아담스카의 실력은 역시 확실했는데, 특수한 실을 이용하여 파츠를 리즈레의 오른팔과 왼쪽 다리에 빠르게 연결해 갔다. 이어지는 신경이나 뼈의 위치도 아르마로 정확하게 파악했다. 연결된 대체품은 겉보기에도 이질감이 느껴지지 않았다.

"——좋았어. 이거면 되겠지."

마지막 실을 자르며 아담스카는 고개를 끄덕였다.

수술은 예정보다 빠르게 마무리됐다. 아담스카의 수완 덕분일 것이다. 특별히 문제라고 할 만한 일은 일어나지 않았으며, 별 탈 없이 끝났다.

반면 나는 예상보다 훨씬 더 피곤했다. 치료를 위해 필요한 수술이라고는 하지만, 요란한 소리를 내며 친밀한 상대의 살과 뼈를 자르는 작업은 정신적으로 부담을 줬다.

"병을 고치기 위한 수술이다. 피곤한 게 당연해."

아담스카는 내 얼굴을 보자마자 어이가 없다는 듯이 말했다.

"아무 말도 하지 않았습니다만."

"너처럼 머리 나쁜 놈의 생각 따위, 말하지 않아도 얼굴을 보면 대충 알 수 있다고."

수술 중에 하나로 묶고 있던 머리를 풀어헤치며, 아담스카는 아직 잠들어 있는 리즈레의 손을 조심스레 잡았다.

"……적당한 파츠를 찾아주셔서 감사해요."

"뭘. 나로서도 좋은 실험을 할 수 있었어."

아담스카가 히죽 웃었다. 침을 줄줄 흘리며 호흡이 거친 리즈레의 새로운 손을 바라보는 모습은 그야말로 수상한 사람 그 자체였다. 아니, 수상함을 뛰어넘어 조금 무서울 정도였다.

"이 팔은 엘프 중에서도 마력이 강한, 하이 엘프라고 불리던 자의 것이다. 꽤 희귀한 파츠라 할 수 있어. 신선도가 좋은 상태로 보존하고 있었긴 했지만 설마 이런 실험 기회를 얻을 줄이야. 그건 그렇고, 이 아이는 평범한 엘프지? 회로만 연결되면 문제없다고는 해도, 이 속성은 아무래도 영향을 미칠 거야. 하이 엘프의 팔이 평범한 엘프의 신체와 동기화함으로써 어떤 화학 반응을 일으킬지, 이건 귀중한 실험 데이터를――."

"……일단 환자의 팔을 이리저리 만지면서 볼을 비비는 건 그만두지 않을래요?"

변변치 않은 이야기를 빠른 속도로 계속 중얼거리는 연구자를 리즈레로부터 떼어놓자, 움찔, 하고 그녀의 눈매가 움직였다. 마취가 풀린 모양이다.

"리즈레 씨. 기분은 어때요?"

"괜찮…… 습니다. 이제…… 끝난…… 건가요?"

어렴풋이 눈을 뜨고 대답하는 리즈레에게서 달라진 모습은 찾아볼 수 없었다. 마음을 놓고 「무사히 끝났습니다」라고 말하며 고개를 끄덕였다.

"부패의 진행도 멈춘 것 같아요."

"그런…… 가요. 감사합…… 니다."

예의 바르게 나와 아담스카에게 감사의 인사를 전하는 리즈레의 몸을 일으켜준 뒤, 절단한 팔을 가볍게 만졌다. 수술이 성공한 지금, 다음으로 걱정되는 것은 수술 후의 통증과 회복 훈련이다.

"감각은 아직 없나요? 시간이 지나면 꽤 아파질 거라 생각합니다만……."

"괜찮…… 아요. 가벼워서 이상…… 하네요."

안색을 관찰하며 「그렇습니까?」 하고, 고개를 끄덕였다. 조금 전까지 손바닥에 느껴졌던 가벼움을 되새기면서.

"진통제도 얼마든지 있으니까 아파지기 시작하면 참지 말고 말해 주세요."

"알겠, 습니다."

순순히 고개를 끄덕였지만, 리즈레는 참을성이 많은 타입이기 때문에 이쪽에서 잘 관찰해야 한다.

리즈레는 자기 오른팔 쪽으로 고개를 돌렸다.

"저기…… 새로운, 팔…… 과 다리는."

"깔끔하게 붙였어요. 물론 당장 움직일 수는 없지만요."

"신경의 회복과 마력로의 결합이 남았어. 당분간은 회복 훈련이 필요하지만 나는 거기까지는 못 어울려 줘."

"네. 그건 제가 책임지고 하겠습니다."

은근히 「너에게 맡긴다」는 말을 들은 나는 고개를 끄덕였다. 리즈레도 익숙한 상대와 함께 하는 편이 훨씬 수월할 것이다.

"경과 관찰은 필요하다. 게다가 쿠로스케 너도 아직 피로가 완전히 풀린 것은 아니니까. 둘 다 당분간 이곳에 머물러야만 해."

"쿠로, 스케……?"

"어린 시절 붙여진 별명이에요……."

리즈레가 묻자, 어쩐지 부끄러워진 나는 조용히 대답했다. 그 모습이 재밌던 걸까, 아담스카는 「알겠냐, 쿠로스케」라고 덧붙였다.

"피로만 충분히 회복된다면, 네놈은 고슈와 함께 내 수족이 되도록 해. 어쨌든 나는 너의 생명을 두 번이나 구해준 은인이니까. 그만큼 목숨을 걸어줘야겠다. ——알겠어?"

히죽, 미소 지으며 이쪽을 내려다보는 아담스카의 눈이 강하게 빛났다.

***

"오늘은 냉안고의 정리를 부탁한다. 헤맸다가는 죽을 거야. 조심하도록 해——"

가볍게 말하며 아담스카는 자리를 떠났다.

리즈레의 수술로부터 닷새 정도가 지나자, 나의 피로도 충분히 회복되었다. 하지만 리즈레의 경과 관찰이 계속 이어지고 있는 탓에, 사전에 말한 대로 아담스카는 나를 마구 부려 먹었다.

(목숨을 걸라는 건…… 이런 뜻이었던 건가!)

냉안고는 귀중한 파츠를 보호하기 위해 마법으로 영하의 기온이 유지되고 있었다. 게다가 어둡고 넓었다. 확실히, 여기서 헤맸다가는 죽을 수도 있겠다는 안 좋은 확신이 들었다.

아담스카가 이렇게 파츠를 보관하고 있는 것은 그 자신이 다른 사람의 시체를 끊임없이 필요로 하는 몸이기 때문이다. 이는 그가 살아가기 위해 필수적인 일이자, 과거의 실험 실패에 의해서 만들어진 족쇄라고 한다.

(그것도…… 아담 씨에게 있어서는 「귀중한 실험 결과」겠지만.)

그리고 그런 그이기 때문에 나와 리즈레는 도움을 받을 수 있었다. 그 은혜를 생각하면.

(이 정도 허드렛일 따위――별거 아니야!)

맡은바 전력을 다할 뿐.

"우오오오오오오오!!"

기합과 더불어 덱 브러시로 바닥을 닦아 나갔다. 몸을 크게 움직여 대사를 올리는 것으로 체내 심부의 온도를 올린다. 이는 결과적으로 얼어붙을 위험을 낮추는 데 도움을 줄 것이다. 머리에 묶은 삼각건은 정수리 부위를 차게 하지 않는 데 효과적이며, 앞치마는――뭐, 기합의 일종이다.

"아직 멀었어!"

방 끝에서 턴을 하고 돌아온 참에 「시끄러워」라며 아담스카가 실험용 메스를 던졌다. 덕분에 겨우 정신을 차린 나는 조용히 청소를 계속했다.

리즈레는 하루에 한 번씩 아담스카의 진찰을 받고 있다. 오른팔과 왼쪽 다리의 결합 상태나 위화감이 없는지 등에 대해서 확인하고 있는 모양이다. 그동안 허드렛일을 하는 나는 아침, 점심, 저녁 식사 때마다 리즈레에게 얼굴을 내밀고, 식사를 도와주고, 혈액 순환을 촉진하는 마사지를 해준다. 특히 새로운 손발은 아직 피의 순환이 좋지 않았기에, 신경 회복을 위한 자극이 될 수 있도록 더욱 공을 들이고 있다.

그날 낮, 여느 때와 같이 점심 식사를 도와주던 중이었다.

"그러고 보니, 틀니를 만든 지 어느 정도 시간이 지났는데 아직 괜찮은 것 같나요?"

현재 리즈레의 치아는 내가 그녀를 만나지 얼마 되지 않았을 무렵, 익숙하지 않은 솜씨로 적당히 만든 임시방편에 불과하다. 이제 슬슬 닳거나 결합부의 위화감이 느껴질지도 모른다. 아니나 다를까, 리즈레는 「조금 아픈 것 같아요……」라고 망설이며 대답했다.

"하지만 괜찮아요!"

"다행이에요. 아프면 반드시 말해주세요. 리즈레 씨의 힘이 되어 드리는 게 제 일이니까요――."

역시 조만간 다시 만들어야 하는 건가. 어쩌면 아프다고 말을 안 했을 뿐, 처음부터 아팠던 걸 수도 있지 않을까? 좀 더 개선 방법이 있을지도 모른다――그런 걸 생각하며 리즈레의 입가로 수프를 옮겼을 때였다.

"어라……? 리즈레 씨의 오른팔, 손가락이…… 움직이고 있어요!"

"앗……!"

내 말에 리즈레가 놀란 듯 눈을 동그랗게 떴다.

테이블에 놓인 리즈레의 오른손 손가락이 움찔움찔 조금씩 움직이고 있었다. 어제까지만 해도 볼 수 없었던 현상이다.

"손가락 신경이 막 깨어나고 있는 것 같아요."

"그런, 가요? 죄송해요. 손가락…… 아직, 감각이."

"조급해하지 않아도 돼요. 회복 훈련을 계속해 나간다면 조만간 자유롭게 움직일 수 있는 날이 찾아올 거예요. 반드시요."

"네…… 네!"

분명 불안을 필사적으로 억누르고 있었을 것이다. 안 그래도 수술 후의 상처는 꽤 고통스러웠겠지. 고개를 끄덕인 리즈레의 미소에는 불필요한 힘이 빠져 있었다. 그건 내가 여태껏 봤던 것 중에 가장 부드러운 미소였다.

나는 그 웃는 얼굴 속에서 작은 희망을 봤다. 그런 기분이 들었다.

***

"신세 많이 졌습니다."

리즈레의 팔 신경이 연결되기 시작한 무렵, 우리는 공방으로 돌아가게 되었다. 나의 인사를 들은 아담스카는 「응」 하고 고개를 끄덕였다.

"마지막으로 꼼꼼하게 진찰했는데──결합은 문제가 없다는 걸 확인할 수 있었어. 부패도 완전히 사라졌다. 이제 회복 훈련사의 솜씨를 보여줄 때야."

"네, 물론 열심히 하겠습니다."

"저, 저도…… 힘낼, 게요!"

진찰이 끝난 리즈레가 진지하게 덧붙이자, 아담스카가 문득 미소를 지었다. 그러더니 「잠깐 밖에 나가자」라며 리즈레에게 말을 건넸다.

"아…… 네, 네!"

"무슨 이야기를 하실 건가요?"

리즈레를 옮기기 위해 다가가니, 아담스카가 째릿, 하고 이쪽을 노려봤다.

"여자끼리의 이야기에 참견하려 하는 거야? 글러 먹은 남자 군. 리즈레는 고슈에게 옮겨달라고 할 거니까, 네놈은 짐이나 싸도록 해."

"……아담 씨도 원래는 남자잖아요."

"완벽한 이 **여성**의 신체를 보고 그런 말을 할 줄이야. 볼수록 글러 먹었어. 여자끼리 이야기를 나누는 게 불만이라면 의사와 환자 사이의 이야기로 해두지."

아무래도 그런 말을 들으면 그 이상 파고드는 것도 꺼려진다. 나는 얌전하게 자리를 떠났다. 그러나 짐을 싸는 일은 거의 끝나가고 있었기 때문에 마지막 정리 말고는 달리 할 수 있는 게 없었다.

(조금 신경 쓰이네.)

묵묵히 짐을 싸면서도 의식은 계속 두 사람 쪽으로 향했다. 하지만 자신이 듣지 않는 게 좋을 거라는 건 충분히 알고 있었다. 창밖으로 보이는 그 모습은 아침 햇살을 받아 황색으로 빛나고 있었으나──잠시 후 돌아온 두 사람 사이에는 무거운 공기만이 흐르고 있었다. 결코 화기애애한 이야기가 아니었다는 것만이 내가 짐작할 수 있는 전부였다.

또다시 설산을 내려갈 각오를 하고 있었건만 고맙게도 좋은 **비행 도구**를 넘겨받았다.

"이건 혹시……"

그렇게 묻는 나에게 아담스카는 「그래」라며 고개를 끄덕였다.

"**그 녀석**이 사용하던 물건이다. 이걸 써서 너희들 공방으로 돌아가."

건물의 지하 창고에 있던 것은 일찍이 나의 은인이 타던 마도 공기(에어 가우르)였다. 드워프 장인이 만든 특별 주문품으로, 상당히 대형이다. 위에 올라타서 조종간을 잡고 조작하는 타입의 기구인데, 몸집이 작은 사람은 아마 그것도 어려울 것이다.

"이건 분명 행방불명이 되었던 게……."

"전당포에 있던 걸 우연히 발견해서 사들였거든. 나는 쓸 일이 없으니 넘겨줄게."

"그래도 되나요? 고슈 씨라면 충분히 조종할 수 있을 텐데요."

"필요 없어. 일상적으로 사용하기 위해서는 돈이 너무 많이 드니까."

아담스카의 말은 사실이었다. 마도공기는 마층석을 동력으로 하는 **초**고연비인 데다가, 특별 주문품이라 정비도 어렵다.

"편히 돌아갈 수 있어서 다행이네요. 감사히 사용하겠습니다."

"그래. 그편이 저 아이한테도 좋을 거야."

과연──나뿐만이 아니라 리즈레를 배려한 건가, 하고 납득했다. 이만큼 크면 리즈레를 등에 고정한 채로도 충분히 탈 수 있을 것이다.

"──신세 많이 졌습니다."

마도공기에 올라탄 나는 배웅해 주는 두 사람을 향해 인사했다. 등에 있는 리즈레가 「감사합니다」라고 말하는 것이 들렸다.

"다음에 왔을 때는 도와드릴……."

"아니. 귀중한 연구 재료를 손에 넣었으니 이제 안 와도 돼."

가볍게 손을 흔드는 아담스카에게 「그 말투 좀!」이라고 주의를 주었지만 전혀 듣는 기색이 없었다. 대신, 고슈가 그 옆에서 아쉬운 듯 눈물을 훔치며 배웅해 줬다.

조종간을 당기자, 정지 비행을 하던 마도공기가 순식간에 높이 날아올랐다. 한랭지의 바람이 얼굴을 강하게 두드렸다.

차갑고 푸른 북쪽 하늘로 빨려 들어가는 듯한 감각을 느끼며 기어를 바꿔 앞으로 나아갔다. 넘는 데 그렇게나 고생했던 설산이 저 멀리 반짝반짝 빛나 보였다.

"──리즈레 씨, 괜찮아요?"

"네……. 안, 추워요."

등 너머로 리즈레가 대답했다. 춥냐고 물은 것은 아니었지만, 나는 「그렇다면 다행입니다」라고 고개를 끄덕였다.

──아담스카와 단둘이 대화한 후, 리즈레는 분명히 낙심해 있었다. 손이 움직인다는 걸 알았을 때의 그 웃는 얼굴은 어딘 가로 날아가 버린 것처럼.

아담스카는 나에게 이야기 내용을 비밀로 하고 싶어 했다 ……아니, 숨겨야 한다고 판단했다. 여기서 그걸 억지로 알아낼 수는 없다.

"무슨 일인가요……?"

바람을 가르는 소리에 섞여 리즈레의 목소리가 들렸다. 나는 가능한 한 밝은 목소리를 냈다.

"아까도 말했지만, 리즈레 씨의 힘이 되어 드리는 게 제 일이 에요. 그러니──언제든지 의지해 주세요."

그녀를 치료해 주겠다고. 그렇게 약속한 자신이 할 수 있는 최 선의 말이었다.

"고맙, 습니다."

지금은 보이지 않지만 그렇게 대답하는 리즈레의 얼굴이 조금 이라도 미소 짓고 있으면 좋겠다고 생각한 나는 조종간을 움켜 쥐었다. 마도공기는 구름 꼬리를 길게 늘이며 공방을 향해 훌쩍 날아갔다.

너덜너덜한 엘프씨
Dying elf ✖ & apothecary
행복 하게 하는 약장수씨

제6화

가까워지는 거리

"리즈레, 괜찮니? 뜨거우면 말해. 현기증이 나면 큰일이니까!"

울려 퍼지는 아네 씨의 목소리에 리즈레는 「네」라고 대답하며 고개를 끄덕였다.

"하지만…… 기분이, 매우, 좋아요."

"기분 좋지!"

바로 옆에서 떠드는 목소리의 주인은 모네다.

리즈레는 아네 씨랑 모네와 함께 공방에 비치된 욕탕에 들어가 있다. 적당히 뜨거운 목욕물에 뻣뻣했던 몸이 풀려 기분이 좋았다.

"목욕…… 좋아, 해요."

"아하하! 나랑 모네도 좋아해. 이제부터 자주 같이 하자."

"나도 리즈레 언니랑 목욕하는 거 재밌어!"

밝은 두 사람의 목소리가 욕실에 울렸다. 그게 어쩐지 즐거운 리즈레는 고개를 끄덕였다. 첨벙, 소리가 나며 옆이 약간 흔들렸다. 몸을 씻고 있던 아네 씨가 들어왔을 것이다.

그 반향으로 인해 몸이 약간 떠오르려 했으나, 아네 씨가 팔을 돌려 지탱해 줬다.

"괜찮아? 미안해."

"아니에요. 고맙, 습니다."

아네 씨의 목소리는 언제나 가볍다. 얼굴은 보이지 않지만,

분명 웃는 얼굴이 빛나는 여성일 거라고, 리즈레는 생각했다. 아네 씨도, 모네도 자신에게는 마치 따뜻한 태양 같다.

"리즈레 언니, 리즈레 언니."

"네. 무슨 일, 있나요?"

부른 목소리에 뒤돌아본 순간, 찰싹, 하고 볼에 뜨거운 물이 닿았다. 「와앗」 하고 목소리를 높이자, 곧바로 모네가 꺄르르 웃는 소리가 울렸다.

"손으로 물총을 쐈어! 놀랐어?"

"놀랐…… 어요."

너무 놀란 나머지 멀뚱멀뚱 있자니, 모네 쪽에서 느껴지는 공기의 분위기가 변했다.

"어? 그렇게나 놀란 거야? 미안, 미안. 무서웠지?"

"아! 아뇨, 그게 아니라."

당황해 울 것 같은 목소리였다. 리즈레는 황급히 할 말을 찾았다.

"놀랐지만, 즐거운 놀라움이었어요. 게다가 모네는…… 눈이나, 코에, 닿지 않도록, 해줬는걸요. 모네는 상냥하고, 착한 아이네요."

전해졌을까──불안을 느낄 무렵, 「다행이다」라고 중얼거리는 소리가 들려왔다. 응, 좋았어. 리즈레도 미소 지었다.

"만약, 제 팔이…… 움직이면, 모네한테도, 잔뜩, 돌려드릴게요."

"아하하! 나도 지지 않을 거야."

모네가 또 신난 목소리를 냈다. 상황을 지켜보고 있던 아네 씨가 「모네」 하고 말을 걸었다.

"다음은 모네 차례야. 몸을 씻으렴."

"네—에!"

모네가 욕조에서 나가는 소리가 들렸다. 또다시 물이 크게 움직였지만, 이번에는 아네 씨의 팔 덕분에 흔들리지 않았다.

"……리즈레."

바로 옆에서 속삭이는 듯한 소리를 들은 리즈레는 「네」라며 고개를 그쪽으로 돌렸다. 첨벙, 하고 조금 떨어진 곳에서 모네가 대야의 물로 몸을 적시는 소리가 들렸다.

"리즈레는 대단해."

"대단…… 하다뇨?"

그건 생각지도 못한 말이었다. 어찌 된 일인지 그대로 받아들일 수 없었던 리즈레는 되묻고 말았다.

"대단해. 이 가는 어깨에 엄청난 시련을 짊어졌어. 하지만 여전히 꼿꼿한 마음을 갖고 있지. 대단하고——강한 아이야, 리즈레는."

리즈레의 몸을 지탱하는 아네 씨의 팔심이 한층 더 강해졌다.

"……새로운 손발이 생겼으니, 앞으로 또 다른 시련을 겪게될 거야. 하지만 선생님은 리즈레라면 반드시 그것도 이겨낼 수 있다고 믿고 있어."

"약장수, 씨가……."

"물론이야. 선생님이 이 취락에 온 뒤로 어찌저찌 몇 년이 지

125

났으니까. 무슨 생각을 하는지는 어느 정도 알 수 있어."

약장수 씨가 나를 믿어주고 있다——그렇다면 그건 확실히 리즈레에게 있어서 무엇보다 큰 힘이 되어줄 것이다.

"선생님도 대단한 사람이야. 그 사람이 이런 작은 취락에 머물러 주는 덕분에 여기 주민들은 많은 도움을 받고 있거든. 원래대로라면 마을까지 약을 받으러 가는 것만 해도 엄청난 고생을 해야 하니까. 모네도 여러 번 도움을 받았어. 처음 왔을 때와 비교하면 최근 들어서 선생님의 웃는 얼굴을 보는 일도 늘었고⋯⋯."

"⋯⋯?"

"——아무것도 아니야. 어쨌든 우리들은 리즈레를 응원하고 있어. 곤란할 때는 선생님뿐만 아니라 나에게도 의지해 줘."

"⋯⋯감사합니다."

기뻤다. 아네 씨의, 그야말로 곧은 마음이 리즈레의 마음에 스며들었다. 마치 가슴속을 환하게 밝혀주는 것처럼.

(기억나진⋯⋯ 않지만.)

다가선 아네 씨의 체온이 뜨거운 물 온도보다 더 따뜻하게 느껴졌다. 마음이 편안해진 리즈레는 눈을 감았다.

(엄마는 이런⋯⋯ 느낌이었을까.)

***

서걱, 소리가 나며 리즈레의 앞머리가 바닥으로 떨어졌다.

공방으로 돌아오고 나서 일주일이 지났다. 리즈레의 수술 경과는 좋았으며 몸 전체를 덮고 있던 상처 치유도 순조로웠다. 그렇게나 심했던 피부의 상처도 많이 회복되었을뿐더러, 흉터 역시 눈에 띄지 않게 되었다. 계속 붙이고 있던 파스도 떼어내고 바르는 약과 자연 치유를 통한 회복 상황을 지켜보기로 했다. 아마 통증도 많이 누그러졌을 것이다.

"──이 정도면 거리에 나가도 많이 눈에 띄지 않을 거예요."

"고맙, 습니다."

리즈레가 수줍어하며 말했다. 목욕을 마치고 나와서 그런지 볼이 발그레했다.

방금 짧게 자른 앞머리 아래, 움푹 파인 곳에는 파스 대신 코끼리고래의 가죽을 소재로 한 안대를 착용하기로 했다. 염증은 가라앉았지만, 눈꺼풀을 보호하기 위해서다.

표정도 꽤 풍부해졌다. 정신 상태가 많이 회복됐기 때문일 것이다.

그렇게 되면 목욕도 내가 함부로 도와줄 순 없기에, 가끔 아네와 모네가 찾아와서 리즈레와 함께 목욕을 해줬다. 조금 전의 목욕도 그랬다. 이는 리즈레에게도 즐거운 시간인 것 같았는데, 목욕탕에서부터 내가 작업을 하는 곳까지 즐거운 목소리가 들려오는 일도 잦았다.

간호에 필요한 시간이 점차 줄어들자, 공방의 영업도 원래대로 되돌아갔다. 리즈레는 내가 일을 하는 낮에는 대기에서 마나를 충전하며 휴식을 취했다.

그리고 밤은.

"리즈레 씨…… 괜찮아요?"

내 질문에 리즈레가 약간 괴로운 듯이 숨을 내쉬었다.

"괜찮…… 아요. 힘낼, 게요…….."

씩씩한 대답에 가슴이 조금 아팠지만 어쩔 수 없다——아주 미약하긴 하지만, 팔과 다리에 진동 마법을 가해, 계속해서 자극을 줬다. 근력과 신경 회복을 촉진하기 위해서다.

"팔, 한 번 들게요. ……손끝에 힘줄 수 있겠어요?"

"웃……."

"좋아요. 아주 조금이지만 움직이고 있어요."

"네!"

리즈레의 대답은 밝았다. 아직 수술 후의 통증이 사라지지 않은 가운데, 풀 죽지 않고 매일 잘 해내고 있었다. 이마에 땀을 흘리며 노력하는 그녀의 표정은 늠름하게 빛나 보였다.

"——오늘은 여기까지 합시다. 고생했어요."

"하지만……."

"조급해하지 말고 착실히 해나가도록 해요. 오늘 노력한 보상으로 아네가 쿠키를 가져다주었으니, 그걸 먹도록 하죠."

"아네 씨의 쿠키……! 네!"

리즈레의 귀가 움찔움찔 움직였다. 그것을 흐뭇하게 바라보며 나는 달콤한 향기가 나는 쿠키를 가지러 갔다.

(리즈레 씨의 말도 꽤 정확해졌어.)

회복 훈련은 변화가 일어날 것 같은 때도 있지만, 전혀 상태가 좋아지지 않을 때도 있다──그러한 일진일퇴의 꾸준한 노력의 축적이라 할 수 있다. 그렇기 때문에 환자가 그 괴로움 때문에 훈련을 포기하지 않도록 도와주는 것도 그녀를 지원해 주는 입장으로서 필요한 일이며, 아담스카가 말한 대로 **솜씨를 발휘**해야 한다. 그러나 리즈레는 내가 예상했던 것 이상으로 노력가였다.

"──네, 리즈레 씨. 고생 많았어요."

부엌에 있던 쿠키를 살짝 입으로 옮겨주자, 작은 동물처럼 그것을 베어 문 리즈레는 행복해 보이는 표정을 지었다.

"정말, 맛있어요…… 이, 쿠키."

"오른손이 움직이게 되면 리즈레 씨의 페이스대로 이 쿠키를 먹을 수 있을 거예요."

"……! 저, 저, 힘낼게요."

힘차게 고개를 끄덕이는 리즈레를 본 나는 나도 모르게 웃어버렸다. **마지막 시간**이 다가오는 것이 확실히 느껴졌다.

***

그렇게 한 달 정도가 흘렀을 무렵.

나는 야간 회복 훈련을 위해 리즈레의 오른손을 마사지 해주고자 그녀 앞에 앉아 있었다.

"그럼, 평소처럼 목과 팔꿈치 굴곡 운동부터 시작할게요."

"네! 잘 부탁드려요!"

그렇게 기합을 넣은 리즈레의 손을 잡으려던 그때였다.

파앗, 하고 그녀의 손바닥에 따뜻한 밝은 빛이 켜졌다.

"?! 리즈레 씨, 이건 마법——."

나도 모르게 소리를 지르려던 순간, 포개어 놓은 손을 살짝 감싸는 감각이 느껴졌다. 가늘고 섬세한——하지만 분명한 힘.

"리즈레…… 씨?"

"저…… 저기. 약장수 씨를…… 놀라게 하고, 싶어서. 아침부터, 손의 감각이…… 연결된, 느낌이 들었거든요. 마법, 많이…… 연습, 하고 싶어요. 하지만."

리즈레가 열심히 말했다. 그 목소리에 귀를 기울이는 동안, 리즈레는 조금 더 내 손을 강하게 잡았다.

"이건…… 약장수 씨의, 손…… 이죠? 지금…… 처음으로, 잡은 것 같아서…… 기뻐서…… 제가, 놀라게 해 버렸어요."

웃는 얼굴을 보여주는 리즈레의 눈에서 주르륵, 눈물이 흘렀다.

"리즈레 씨……."

떨리는 오른손. 나는 그것을 가만히 쥐었다. 내 것과는 전혀 다른, 부드럽고 작은 손바닥.

"깜짝 놀랐어요. 얼마나 놀랐는지 몰라요. 대단해요, 리즈레 씨. 수술한 뒤로 한 달밖에 지나지 않았는데 벌써——정말로 대단해요."

이러다가 나까지 울어버릴 것 같았다.

"약장수 씨가, 매일 밤 도와준, 덕분이에요."

"아니요, 아닙니다. 리즈레 씨의 노력 덕분이에요. 리즈레 씨의 노력이 이렇게 형태로서 나타난 거예요."

알고 있다.

아침에 일어나면 제일 먼저 손가락이 움직이는지 확인한다는 것을.

낮에 휴양하면서도 몰래 혼자서 할 수 있는 훈련을 계속한다는 것을.

밤에 아픔을 참으면서 훈련이 끝난 이후에도 침대 속에서 손끝이나 발끝이 움직이지 않는지 계속 의식한다는 것을.

"대단한 건 리즈레 씨예요."

"약장수, 씨……."

리즈레의 눈에서 또 주르륵, 눈물 한 방울이 떨어졌다.

물론 그렇다고 해서 훈련이 끝난 것은 아니었다. 리즈레의 노력은 계속됐다. 오히려 느슨해지기는커녕, 예전보다 훈련에 매달리게 된 것은 말할 것도 없다.

손가락을 섬세하게 움직이는 건 아직 어려웠지만, 팔은 주변 사람들이 도와줌으로써 어느 정도 움직일 수 있게 됐다.

"이 정도로 움직일 수 있으면 스스로 할 수 있는 일이 더 많아질 것 같네요."

"정말, 인가요!"

파앗, 하고 리즈레의 표정이 빛났다. 그녀의 성격을 미뤄 짐작하면, 무슨 일이든 다른 사람에게 도움을 받지 않으면 안 되는 지금의 상황은 상당히 괴로울 것이다. 그 괴로움을 겉으로

드러내지 않을 수 있었던 것도 리즈레의 인내심 강한 성격 덕분이겠지.

"어디 보자……. 예를 들어, 식사 같은 건 어때요? 천을 이용해 손바닥에 수저를 고정하면 자기 페이스대로 먹을 수 있고, 그 자체로도 훈련이 될 거예요."

"네, 네! 하고…… 싶어요! 스스로, 식사."

씩씩하게 고개를 끄덕이는 그녀를 본 나는 웃으며 「그럼, 그렇게 하죠」라고 대답했다.

식사 동작 훈련을 시작하기 전에, 우선 틀니 상태를 확인하기로 했다. 전에는 다소 아프다고 했는데, 역시 접착제가 헐거워져 있었다. 원래의 것을 이용하면서 개량을 더해 새로 만들기로 했다. 이번이 두 번째라는 점과 전과는 다르게 리즈레의 의식이 뚜렷하다는 차이점 덕분에 저번보다 스무스하게 진행되었다.

"……됐다. 고정될 때까지 강하게 물고 계세요."

"네, 네!"

계속 이를 물고 있는 리즈레에게 미소를 지은 뒤, 「잠시 저녁 식사 준비를 하러 갈게요」라며 자리를 비웠다.

자기 힘으로 먹는 첫 식사다. 될 수 있는 한 실패의 가능성이 적은 걸로 준비하고 싶다. 틀니의 상태도 보고 싶으니 비교적 씹기 쉬운 것이 좋을 것이다. 안 좋은 기억을 만들지 않으면서, 앞으로도 열심히 힘내야겠다고 생각하게 만드는 그러한 식사.

생선 살을 정성껏 으깨서 밑간한 뒤, 동그란 경단 모양으로 만들었다. 이거라면 수저로 건지기도 쉽고, 적당한 탄력이 있어 씹는 것도 어렵지 않을 것이다.

"──그럼, 리즈레 씨. 손에 숟가락을 고정할게요. 스스로 잡을 수 있겠어요?"

"네. 이, 이렇게……."

리즈레가 천천히 내가 건네준 수저를 잡는 동작을 했다. 간신히 잡은 수저는 심하게 위아래로 흔들렸다. 그대로라면 음식을 떠도 그대로 쏟아지고 말 것이다.

"실례하겠습니다."

그렇게 말한 뒤, 수저와 손을 끼우듯 천을 둘렀다. 너무 조이기도, 너무 느슨하지도 않게끔 주의하면서. 상태를 확인하며 「어떤가요?」하고 손을 놓았다.

"그릇의 위치는 여기입니다. 조금만 안내해 드릴게요."

"감사해요."

손을 잡아 위치를 알려주자, 리즈레는 금방 파악을 끝냈다. 보이지 않는 눈으로 더듬더듬 수저를 이용해 건더기를 건졌다.

"아, 잘 건졌어요. 살짝 식혀놨으니, 뜨겁지는 않을 겁니다."

"네!"

리즈레가 고개를 숙이는 것과 동시에 수저도 기울어질 것 같았으므로 황급히 이를 막았다. 리즈레는 「잘 먹겠습니다」하고 중얼거리며 천천히 입가로 수저를 옮겼다. 무사히 경단이 입에 들어가자, 리즈레의 얼굴이 확 빨개졌다.

"야자수 히…… 머겄, 어여……."

"네, 대단해요, 리즈레 씨."

나까지 기뻐져서 나도 모르게 표정이 풀렸다. 리즈레는 계속해서 경단을 입으로 옮겼다. 반복함에 따라 움직임이 점차 매끄러워진다.

"경단인가요? 정말 맛있어요."

"생선 살을 으깼어요. 입맛에 맞으셨나요?"

"네! ……저기, 그래서 말인데……."

리즈레의 수저가 접시를 두드렸다. 접시는 어느새 텅 비어 있었다. 어딘가 답답한 듯한 그녀를 멍하니 바라보던 나는——퍼뜩 깨닫는다.

"……아! 한 그릇 더 드릴까요?"

리즈레의 볼이 다시 붉어졌다.

"……네."

"음식은 아직 남아 있어요. 마음에 드셨다니 다행이네요."

자리에서 일어서자, 리즈레가 기쁜 듯이 웃었다. 아마 나도 그녀와 똑같은 얼굴을 하고 있겠지, 라는 생각이 머릿속을 스쳤다.

***

상쾌하고 기분이 편안해지는 나무의 향기. 옆에서는 덜그럭덜그럭, 하고 작은 소리가 울리고 있다.

——리즈레와 둘이 숲속을 나아간다. 하지만 오늘 리즈레는 지게가 아니라, 마을에서 농경 기구를 전문으로 취급하는 장인

이 만들어준 휠체어에 앉아 있다.

이거라면 뒤에서 간병인이 밀어 주기만 해도 편안하게 나아갈 수 있다. 지난 여행을 반성하고 서로에게 부담이 적은 이동 방법을 고민한 끝에 제작을 의뢰했다. 예전에 왕도에서 본 것을 견본 삼아 도면을 그렸는데, 꽤 정밀도가 높은 물건을 만들어 주었다. 덕분에 산책도 이렇게 쉽게 나갈 수 있게 됐다.

"기분 좋은, 곳이네요."

"이 근처는 특히나 마나가 풍부하니까요. 천천히 나아가죠."

오늘은 한 달에 이틀 정도 있는 공방의 정기 휴일이었다. 리즈레의 휴식과 마나의 충전을 목적으로 산책에 나섰다. 따로 목적이 있는 여행이 아닌, 이렇게 느긋하게 시간을 보내는 것 자체가 목적인 외출은 처음이었다.

"휠체어, 안 흔들려요?"

"전혀요!"

"정말요? 무리하진 말아 주세요. 저는——."

"괜찮아요. 곤란할 때는…… 제대로 약장수 씨를 의지하고 있으니까요."

환하게 미소 짓는 리즈레를 본 나는 나도 모르게 미소를 돌려줬다. 몇 달 전에는 상상도 하지 못했을 정도로 그녀는 건강하고 씩씩한 모습으로 내 앞에 있었다.

"아, 저쪽에 적당한 장소가 있어요. 일단 점심을 먹을까요?"

"점심! 네!"

리즈레는 귀를 쫑긋 세우며 고개를 끄덕였다. 그런 그녀를 휠체어에서 내려준 뒤, 조금 전 말한 탁 트인 곳에 천천히 앉혔다. 폭풍으로 인해 옆으로 쓰러진 나무줄기가 있어, 등받이로 쓰기에 딱 좋았다. 땅이 약간 젖어 있긴 했지만, 금방 마를 것이다.

나는 물통을 꺼내 김이 나는 내용물을 컵에 따랐다. 초록색의 눅진한 포타주다.

"드세요, 수프예요."

"우와…… 좋은 냄새가 나요. 감사합니다."

리즈레는 손바닥으로 컵을 받았다. 식사 훈련을 계속한 덕분에 손가락에 힘을 주는 것도 제법 익숙해졌다. 엎지르면 뜨거울수 있으므로, 팔꿈치를 살짝 받쳐줬다. 그것만으로도 충분히 문제없이 마실 수 있을 것이다.

"응……? 손님, 이네요."

쿡쿡, 하고 리즈레가 웃었다. 무슨 일인가 했더니 그녀의 무릎에 다람쥐가 살포시 올라가 있었다. 작은 그 생물은 겁먹은 기색도 전혀 없이 살금살금 리즈레의 어깨까지 올라가, 특징적인 큰 귀와 꼬리를 흔들었다.

"안녕하세요……. 편히 쉬세요."

팔꿈치 약간 윗부분부터 잘린 왼팔을 쭉 위로 올려 다람쥐가 떨어지지 않게끔 하는 리즈레. 그 옆얼굴은 아주 부드러워 보였다. 컵을 내려놓은 그녀는 보이지 않는 눈으로 주위를 천천히 둘러봤다.

"약장수 씨."

"네. 왜 그러시죠?"

"저…… 이 고장도, 사람도…… 좋아요. 너무 좋아요."

비취색의 눈동자가 나뭇잎 사이로 비친 햇빛을 받아 반짝반짝 빛났다. 그 눈은 무언가를 그리워하는 듯 천천히 가늘어졌다.

"계속…… 여기서, 살고 싶을 정도로……."

무심코 벌어진 입을 곧바로 꽉 닫았다.

나는 무슨 말을 하려 했던 걸까?

아니, 알고 있다.

지금 아주 잠깐. 몽상해 버린 것이다. 약방을 운영하는 내 옆에서 지금처럼 상냥하게 미소 짓는 그녀의 모습을──이렇게 바보 같을 수가.

"……리즈레 씨."

"네?"

천진난만하게 돌아보는 리즈레를 어떤 얼굴로 마주해야 할지 알 수 없었다. 이 굳은 미소를 그녀가 볼 수 없어서 다행이다── 리즈레를 위해서가 아니라, 나 자신을 위해서다.

"기억은 아직 안 돌아왔나요?"

"네……. 죄송해요."

"아뇨, 사과하지 말아 주세요."

미안한 듯 시무룩한 얼굴을 하는 그녀를 보고 안도하고, 초조해하는 어리석은 내가 있다.

"요즘 상태를 보니 앞으로 기억만 돌아오면 고향으로 돌아갈 수 있을 것 같아요……. 당신은 점점 회복하고 있습니다. 그래서……."

"고향……."

중얼거리는 리즈레의 목소리는 어쩐지 공허했다. 기억이 돌아오지 않은 지금은 역시 별다른 감정이 들지 않는 거겠지.

"……더 이상 기억나지 않을지도 모릅니다만, 처음 만났을 때 당신은 계속 집에 가고 싶다고 말했어요. 당신에게 있어서 고향이나…… 가족이 그 정도로 소중한 존재인 거겠죠."

"……네."

"나는 당신에게 그걸 돌려주고 싶습니다. 그래요, 계속 바라왔어요."

"그건…… 정말 감사합니다. 약장수 씨는…… 계속, 절 보살펴 주셨어요."

"감사히 여길 필요 없습니다."

자연스레 말투가 날카로워지고 말았다. 당황하는 리즈레에게 나는 조금 전보다 천천히 「그럴 필요 없어요」라고 반복했다.

"제가 리즈레 씨를 치료한 건…… 자신을 위해서였습니다."

"네……?"

죄송합니다, 리즈레 씨. 라고, 마음속으로 사과했다. 그녀를 곤란하게 하고 있다는 것은 알고 있다. 하지만 말해야만 한다——그런 생각이 심장을 차갑게 쥐고 놓아 주지 않는다.

"잠시…… 옛날얘기를 해도 될까요?"

입안에 퍼지는 쓴맛. 그걸 느끼면서 나는 말을 이었다.

"어린 시절 일찍 부모를 여읜 저는 마족의 손에서 자랐습니다. 그는 강하고 상냥하고…… 저에게 많은 걸 줬어요. 아담 씨를 소개해 준 것도 그 은인입니다."

"그렇…… 군요."

리즈레의 목소리에는 아직 곤혹스러움이 남아 있었지만, 어조
는 부드러웠다. 분명 이런 이야기를 시작한 나를 신경 써주는
거겠지.

그러나.

"그리고 은인 밑에서 성장한 나는――살인을 시작했습니다."

움찔, 하고 리즈레의 오른손이 흔들렸다. 순간적인 감정의 동
요에 반응할 정도로 새로운 신체가 익숙해졌구나, 하는 생각이
머릿속 어딘가에서 떠올랐다.

"……살인?"

"당시 마족은 현 왕제에 대해 쿠데타를 일으켰습니다. 제 은
인은 그 수장이 되고 싶다고 했고요. 저는 이루다인입니다만 종
족 따위 신경 쓰지 않는 은인의 의협심을 동경하여 그의 동료를
자처했습니다."

조금 전까지 리즈레의 팔을 받치고 있던 자신의 오른쪽 손바
닥에 시선을 떨어뜨렸다. 더러운 손이다――약품 화상 등으로
거칠어진 크고 단단한 손. 그 피부 깊은 곳에 지금도 검붉은 피
가 끈적하게 스며들어 있는…… 그런 손이다.

"마족에 비해 이루다인은 힘이 약하기 때문에 별다른 도움이
되지 않았습니다. 그래서 저는 전사가 아니라 공작 요원이 되는
길을 택했습니다. 즉…… 암살자를요."

불현듯 기억이 되살아난 건, 흑요거미를 사냥했을 때였다.

그 거미를 처음 찾으러 나선 건 암살에 사용할 독약을 정제하기 위해서였다. 내가 약장수로서 지닌 지식의 기초는 그 시절 몸에 익혔다. 칼날을 진동시키는 아르마도 마찬가지다.

내 몸은 이리저리 꼬인 어두컴컴한 과거들로 이루어져 있다.

"이루다인, 마족, 엘프, 드워프, 짐승까지——목적을 이루기 위해서라면. 동료를 위해서라는 대의명분을 내세워, **이 손으로** 적들을 죽인 겁니다."

발밑에 떨어진 그림자가 짙어진 것 같다는 느낌이 들었다. 가끔 꾸던 꿈——최근 들어 보지 않게 된 환영.

죽인 표적에 관한 건 전부 기억하고 있다. 암살은 상대를 모르면 성공할 수 없다. 언제, 어디서, 무엇을 할 것인가. 무엇을 좋아하는가. 가족의 유무와 구성원은? 어디서 살며, 휴일은 언제지? 좋아하는 음식은? 잠에 드는 시간은——.

상세한 데이터를 머릿속에 집어넣어야 겨우 성공률이 올라간다.

내가 처음 **일**한 상대는 왕정의 중추에 있는 귀족 이루다인이었다. 다음 주 정도에 손자가 태어나는 모양이었다. 아무래도 좋았다. 가족애 따위, 나에게는 상상도 할 수 없었으니까. 그러나 살해 후, 방안에서 그림책을 발견했을 때는 조금 당황했다. 분명 태어날 손자를 위해 준비해 둔 거겠지——거기까지 생각하고 난 뒤 본거지로 돌아간 나는 약간 구역질을 했다.

그런 일은 그 후에도 적지 않게 일어났다. 아침에 반드시 커피 한 잔을 마시는 고위 관료의 음료에 독을 섞은 다음 날부터는 가끔 기호품으로써 나눠 받던 커피가 맛없게 느껴졌다.

사소한 일에 마음이 닳고, 짓눌려 찌그러지는 사이, 아무것도 느끼지 않게 됐다. 일이 끝난 후에 토하는 일도 없었으며, 커피 맛도 다시 원래대로 돌아갔다.

그럼에도 죽인 표적에 관한 건 뇌에 달라붙어 지워지지 않았다.

그 한 사람 한 사람의 팔이 지금도 내 몸을 기어다니고, 당기고, 그림자 속으로 끌어들이려 하고 있다. 무섭지는 않다. 그저, 당연한 일이라고 생각할 뿐이다.

──나는 그러한 일을 해왔으니까.

"모든 것이 끝난 뒤, 몸에 익힌 지식이나 기술을 이용해서 약방을 운영한 것도, 당신을 구해준 것도, 여태껏 제가 저지른 죄에 대한 속죄에 불과합니다."

그날.

너덜너덜한 리즈레를 본 나는 여태껏 자신이 해온 일의 일부를 마주한 것 같다는 생각이 들었다. 내가 죽인 표적 중에는 분명 고향에 돌아가고 싶다는 바람을 이루지 못한 자들도 있었을 것이다. 나는 생명을 끊는 최악의 형태로 그들이 품고 있던 어떤 희망을, 미래를 뺏어 왔으니까.

리즈레가 독으로 쓰러졌을 때도 그렇다. 과거에 정반대의 이유로 같은 독을 취급해 온 나이기에, 망설임 없이 빠르게 약을 제조할 수 있었다.

아무리 과거의 나와 현재의 나는 다르다고 생각해 본들 그 둘이 같은 선상에 존재하는 이상, 나라는 존재에 스며든 과거를 떨쳐버릴 수는 없다.

"저는──『위선자』입니다."

이런 이야기를 해봤자 리즈레는 곤란할 뿐이겠지. 그건 나도 잘 알고 있다. 그러나 이야기하지 않을 수 없었다.

여기서 살고 싶다고 말한 그녀가 위기감을 느꼈으면 해서? 아니, 그런 건 「슬슬 고향을 찾아보죠」라고 제안해도 충분했다.

지금까지의 관계를 모두 무너뜨리고 뿌리치게 만들 말을 하지 않아도──.

(……그게 아니야.)

머릿속에 떠오르는 말에 위화감을 느낀 나는 씁쓸하게 입술을 깨물었다.

지금까지의 관계를 모두 무너뜨리고 뿌리치게 만든다──정말 그렇게 될 거라 생각했을까?

아니.

이건──**어리광**이다.

이곳에 머물고 싶다고 말한 그녀에게 매달리려는 자신을 꾸짖으려는 거다──그러나 그것을 견디지 못하고, 자신이 짊어진 업보를 그녀에게 참회함으로써 용서받으려 하고 있다.

그렇다. 그녀라면 분명 용서해 줄 거다. 왜냐면 리즈레는 상냥하고 강한 사람이니까. 계속 옆에서 지켜본 나는 그렇게 확신하고 있다.

──이 얼마나 끔찍한 인간인가. 구역질이 나올 것 같다.

어떻게 얼버무려 본들, 속죄하는 척을 할 뿐인 단순한 어리광이다. 그것도 환자라는 약자의 입장에 있는 그녀에게 부리는.

이런 점을 보면 역시 철저히 근성이 썩은 『위선자』다. 나라는 인간은——.

"약장수…… 씨."

그때까지 잠자코 있던 리즈레가 가만히 이쪽을 바라보고 있었다. 정확하게 말하면, 그녀는 볼 수 없으니 **바라보고** 있지는 않았지만, 적어도 나에게는 그렇게 느껴졌다.

어색한 움직임으로 오른팔을 자기 심장에 가져다 대고, 슬픈 듯이 눈썹을 내린 그녀는 무언가를 말하려 하고 있다. ——하지 마. 더러운 이쪽의 의도대로 넘어가지 말아줘. 제발 강한 말로 따지며 경멸해 줘.

그렇게 생각하면서도 마음속 어딘가에서 두려움에 떠는 자신이 있었다. 이런 구제 불능의 인간이 그녀 같은 사람 곁에 있어도 좋을 리가 없다.

그럼에도 그녀는 내가 여태까지 들었던 말 중 가장 강한 어조로, 분명하게 말했다.

"저에게는 당신이…… 생명의 은인입니다!"

***

그건 리즈레가 처음 듣는 약장수 씨의 목소리였다. 낮고, 후회에 잠긴 목소리. 목소리뿐만이 아니다——대기 중에 가득 찬 마나가 떨리며 그의 어둡고 무거운 마음을 전해왔다.

약장수 씨와 만나고 얼마간의 일은 꿈결처럼 느껴졌다. 또렷

이 기억나는 건 처음으로 「대화」를 나눈 그날부터였다.

몹시 괴로워하는 자신을 몇 번이고 부르며 구해준 사람——그게 눈앞에 있는 약장수 씨였다.

그는 그 후에도 헌신적으로 리즈레를 보살펴 주었다. 시간과 살을 깎으며. 때로는 자신을 업고 산을 넘기도 했고, 매서운 눈보라 속을 걸을 때도 있었다. 바쁜 와중에 피곤할 텐데도 매일 밤 재활 치료에 어울려주며 마사지를 해줬다. 지금보다 몸이 자유롭게 움직이지 않았을 때는 안색 하나 변하지 않고 용변 처리까지 도와줬다.

계속 생각했다. 생각하지 않을 수 없었다. 이 사람은 왜 이렇게까지 하는 걸까——어째서 손발을 움직일 수도 없고 아무것도 기억하지 못하는 자신을 돌봐주는 걸까.

기억은 아직 돌아오지 않았다. 약장수 씨의 과거 역시 모른다. 이렇게 눈앞에 있는데도 얼굴조차 볼 수 없다.

(하지만……!)

그래도 아는 건 있다.

(내 몸과 마음은…… 이 사람의 **상냥함**을 알고 있어!)

그런 마음을 잔뜩 담은, 대담한 말이었다. 진심이 담긴 말이었다. 「이 고장의 사람이 좋다」——거기에는 물론 눈앞의 그도 포함되어 있으니까.

"……리즈레 씨, 감사해요."

약장수 씨의 말을 들은 자신의 귀가 움찔, 움직였다는 것을 알 수 있었다.

(——아아.)

안 되는구나. 안 되는 거야.

되돌아온 **목소리**를 들은 나는 절망을 느끼지 않을 수 없었다.

(내 목소리는…… 약장수 씨에게 닿지 않았어…….)

이 사람은 그만큼 깊은 절망을 안고 살아온 것이다.

눈앞에 있는 사람은 지금 어떤 표정을 짓고 있을까. 웃고 있을까? 곤란해하고 있을까? 울고 있을까?

——어째서 나는 그걸 알 수 없는 걸까.

"리즈레 씨의 마음은…… 기쁘지만…… 뭐랄까……."

약장수 씨가 말을 이었다. 그는 사양하며 리즈레의 말을 없던 일로 만들려 한다.

(나는 진심으로——생각하고 있는데.)

이 사람의 다정함을. 강인함을. 계속 느껴왔다. 설령 그 이유가 어두운 과거에 대한 속죄였다고 하더라도, 자신이 그렇게 느낀 것이 거짓이 되는 건 아니다. 그럼에도 그는 말했다.

"저와 함께 보내는 시간은…… 적으면 적을수록 좋을 거예요."

"……읏."

그건 상냥한 말로 꾸며진 거절이었다. 리즈레는 눈앞을 가로막는 높은 벽을 확실히 느꼈다.

아니——그게 아니야.

분명 이 벽은 전부터 있었다. 약장수 씨의 죄의식이 그렇게 만들었다고 한다면…… 벽은 지금보다 훨씬 전부터 존재했을 것이다. 그저 내가 눈치채지 못했을 뿐.

(그렇구나······. 지금까지 나는 기대기만 했던 거야. 사실은 보려 하지 않았던 걸지도 몰라.)

손을 뻗으면 거기 있었는데. 손이 움직이지 않아서, 일어설 수가 없어서, 눈이 보이지 않아서. 할 수 없다는 이유를 대며 찾아내려고도, 극복하려고도 하지 않았다. ──등 너머로 어둡고 무거운 무언가를 느끼면서.

"이제부터는 회복 훈련에 더해, 리즈레 씨의 고향 찾기도 시작해 봅시다. 혹시 고향에 관해 무언가 조금이라도 떠오른다면······ 저에게 가르쳐 주세요."

(싫어.)

그런 건 싫어. 나는 당신과 함께 있고 싶은데. 아무것도 하지 못하고 이대로 끝난다니, 그런 건.

"예를 들어, 냄새나 추상적인 이미지도 괜찮아요. 경치나······ 기후도요."

(싫어──!)

이제 포기하지 않을 거야. 당신을 보고 싶어. 만지고 싶어. 움직이지 않는 다리에 힘을 주고, 움직이지 않는 팔을 뻗어서. 벽을 넘고, 당신을 볼래. 그리고──.

약장수 씨를 알고 싶어.

"······앗."

문득 현기증이 났다. 갑자기 주위가 밝아지고 눈이 따끔따끔했다.

눈을 부릅뜨고 손을 뻗었다. 자극으로 인해 눈물이 났지만.

눈앞에 나타난 것을 놓치고 싶지 않아서 필사적으로 그것을 참았다.

"붉은 눈에…… 길고, 검은 머리카락……."

나도 모르게 목소리가 나왔다. **약장수 씨는 미소 짓고 있었다. 그는 조금 당황한 듯 눈을 열고 이쪽을 바라봤다.**

"……? 리즈레 씨, 그건 고향의 부모님이나 친구에 관한 이야기…… 인가요……?"

"──읏!"

손이 닿는다. 살며시 약장수 씨의 뺨을 만진다. 살짝 까슬한, 수염을 깎은 자국.

"약장수 씨는…… 이런…… 얼굴이었군요."

보인다. 눈이 시야에 보이는 모든 것을 전해준다. 약장수 씨의 멍한 얼굴이 살짝 일그러진다. 서로 처음으로 눈이 마주치는 것을 느낀다.

"리즈레 씨…… 보이나요? 마치 보이는 것 같은데……."

"네, 보여요. 보이고 있어요. 약장수 씨…… 저, 제대로…… 보이고 있으니까……."

제발 두고 가지 마, 라는 말은 나오지 않았다. 그보다 먼저 약장수 씨가 리즈레의 양어깨에 손을 얹고, 매우 상냥한 눈으로 바라봤기 때문이다. 그 손이 작게 떨리고 있다는 걸 깨달았기 때문이다.

──다행이다.

그렇게 짧은 안도의 말이 나직이 약장수 씨의 입에서 흘러나

왔다. 이 사람은 계속 자신의 눈을 고쳐 주려고 했었다는 것을, 리즈레는 다시 한번 실감했다. 리즈레의 의식이 분명치 않았을 때부터 매일 매일 빠짐없이 점안약을 넣어, 동공을 움직이게 해 줬다.

그런 사람인 것이다.

리즈레는 그제야 눈에서 눈물을 펑펑 쏟아냈다. 그대로 시야에 비치는 약장수 씨에게 미소를 건넸다.

분명 변한다. 변할 수 있을 거다. 무언가가. 그게 무엇일지, 아직은 알 수 없지만.

높게 쌓인 벽 너머, 눈물로 흐려진 약장수 씨의 얼굴을 바라봤다. 리즈레는 그저 지금 이 순간의 행복을 믿었다.

그것은 어느 하나의 과거

어떻게 하면 좋을까. 어떻게 하면 살 수 있을까. 어떻게 하면 구해줄 수 있을까.

──불길에 휩싸인 마을을 달리는 소년의 머릿속을, 그 세 가지 말이 빙글빙글 떠돌았다.

소년이 태어나, 지금까지 자라온 마을은 말 그대로 불바다였다. 소꿉친구와 달렸던 광장도, 매일 일손을 도우러 간 공용 우물도, 부모님이 지켜보는 나날을 보낸 집도.

아버지는 징발된 병사였다. 무엇과 싸우고 있었는지, 소년은 몰랐다. 알게 된 것은 조금 전의 일이다.

아버지는 집을 나설 때 지금보다 어렸던 소년에게 「엄마와 모두를 부탁한다」라고 말하며 소년의 머리를 쓰다듬었다. 그 어머니는 조금 전, 소년과 여동생을 불화살로부터 감싸다가 쓰러졌다. 무서운 나머지 그 자리에서 바로 도망쳤기 때문에 어머니가 어떻게 됐는지는 알 수 없었다. 어머니 품에 안겨 있던 남동생의 안부도.

소년의 손에는 네 살 차이 나는 여동생의 손이 있었다. 부드러운 손바닥을 꽉 움켜쥐고, 그저 앞을 향해 달렸다. 폐가 아프다. 너무 많이 달렸다. 마법의 불에 의해 태워진 나무나 집은 전혀 연기가 안 났기 때문에 적어도 나쁜 것을 들이마시진 않았다. 연기가 시야를 가려주는 일은 없었으므로 이 악몽 같은 광경을 선명하게 눈에 각인시켜야만 했다.

어쨌든 마을에서 나가야 한다. 언제 다리가 꼬여 넘어질지 모른다. 아버지가 집을 비운 동안 집안일을 도와준 적이 있어, 비교적 다리가 단련된 소년조차도 한계였다. 여동생은 더 괴로울 거다. 아무튼 여동생만이라도 마을 밖으로 내보내자. 그러고 나서 어머니 곁으로 급히 돌아가, 어머니와 남동생을 구해야만 한다. 아버지랑 약속했으니까.

"앗."

뒤에서 목소리가 들렸다. 여동생의 목소리다. 깜짝 놀란 그 순간, 여동생이 잡고 있던 손을 뿌리쳤다.

"곰돌이가⋯⋯!"

무슨 일이 벌어졌는지 알 수 없었다. 그 정도로 소년의 머리는 혼란에 빠져 있었다. 어떻게 하면 좋을까. 어떻게 하면 살 수 있을까. 어떻게 하면 구해줄 수 있을까. ──그 이외의 일은 생각할 여유가 없었다. 여동생은 풍성한 금발을 흔들며 길을 되돌아갔다. 그 의미가, 머릿속에 잘 들어오지 않았다.

여동생의 손에는 찢어진 봉제 인형의 팔이 들려 있었으며, 그 나머지가 조금 먼 곳에 떨어져 있었다.

"──안 돼. 돌아와!"

몇 초 늦게 깨달았을 때는 이미 늦었다. 떨어진 봉제 인형. 여동생이 어머니로부터 두 번째 생일에 받은 봉제 인형. 그것을 주워 드는 여동생의 옷에 불티가 옮겨붙었다.

소년이 여동생의 이름을 외쳤다. **지금**은 기억나지 않는 그 이름을. 그때는 있는 힘껏 외쳤다.

순식간에 불에 휩싸인 여동생을 구하기 위해, 소년은 여동생을 껴안고 땅을 굴렀다. 자기 피부가 타는 아픔을 느끼면서도 필사적으로. 나중에 알게 된 사실이지만, 마법의 불은 평범한 불에 비해 잘 꺼지지 않는 성질을 가지고 있다고 한다.

어떻게 하면 좋을까. 어떻게 하면 살 수 있을까. 어떻게 하면 구해줄 수 있을까. 그 물음에 답은 없었다. 압도적인 힘 앞에서는 어떻게 해도 의미가 없다. 누군가가 도와주지도 않고, 누군가를 도와줄 수도 없다.

소년은 포효했다. 그것은 비명이자, 저주의 말이었다. 이 마을을, 가족을, 평범한 날들을 유린한 적을 향한 복수의 맹세.

"용서 못 해……. 용서 못 해 용서 못 해 용서 못 해 용서 못 해 절대로……. 엘프 자식…… 절대로 용서 못 해!"

쾅, 하고 큰 소리가 났다. 동시에 충격을 느낀 리즈레는 무심코 눈을 꼭 감았다.

"——읏, 괜찮아요? 리즈레 씨."

"네, 네. 죄송해……."

아래에서 들려온 목소리에 대답하면서 리즈레는 눈을 떴다—— 쓰러졌을 때 이상의 충격이 느껴졌다.

리즈레의 몸을 지탱하며 자신의 바로 아래…… 그것도 매우 가까운 곳에 약장수 씨의 얼굴이 있었다. 그 얼굴이 조금 곤란한 듯 눈썹을 내리며 미소 지었다.

"죄송해요……. 저도 신발이 미끄러지는 바람에……. 다친 곳은 없나요……?"

상냥한 목소리다. 약장수 씨는 언제나 그런 목소리로——**소리**로 리즈레의 곁에 있어 줬다. 그렇게 변하지 않을 것이다. 그런데.

"……해요……."

"네?"

멀뚱멀뚱 붉은 눈동자가 리즈레를 크게 비췄다. 그것만으로도 리즈레는 얼굴이 뜨거워지는 것을 느꼈다.

"불가능해요……. 저, 이제…… 서지 않아도 돼요……!"

"네에?!"

153

숲에서의 사건 이후. 공방으로 돌아온 리즈레는 약장수 씨와 함께 약사와 환자로서 변함없이 회복 훈련에 힘썼다.

——그럴 터였다. 하지만.

(나는…… 어째서 이렇게, 부끄러운 걸까…….)

휠체어에 앉아 세면기에 부은 물을 한 손으로 떠서 세수를 했다. 어색한 움직임에 물의 대부분은 다시 세면기로 쏟아졌지만, 이것도 훈련의 일환이었다. 거울에 비친 얼굴은 아직도 빨갛다.

(안 돼……. 지금까지 평범하게 해오던 일인데…… 눈이 보이게 된 이후로는 어쩐지 부끄러워…….)

매일의 생활 보조에서, 그리고 회복 훈련에서. 약장수 씨는 리즈레를 정중하게 대해줬다. 그것은 예나 지금이나 마찬가지일 것이다. 그런데 마사지를 위해 약장수 씨가 리즈레의 몸을 만지기만 해도, 일어서기 위해 어깨를 빌리기만 해도 리즈레의 심장은 두근두근 시끄럽게 울리고, 몸이 떨리며 땀까지 났다.

"좀 더…… 제대로, 하지 않으면……. 약장수 씨는…… 날 위해, 해주고 계시는데, 부끄러워하는 건……."

거울을 바라보며 그렇게 스스로를 타이르자, 마음이 차분히 가라앉았다.

그렇다——그는 어디까지나 치료의 일환으로 자신을 대하고 있다. 그것을 부끄러워하다니——그런 **부정한** 마음으로 그 행동을 받아들여선 안 된다. 정신 차리자.

(기댈 수만은 없다고…… 그렇게 결심한 지 얼마 지나지 않았

잖아……!)

그래. 이번에는 내가 약장수 씨를 지탱하고 싶다. 지금 당장은 무리라고 해도, 더 이상 그가 그런 괴로운 **소리**를 내지 않도록. 내가──!

"리즈레 씨, 잠깐 시간 되나요?"

"후힉!"

갑자기 뒤에서 말을 거는 소리에 놀라 나도 모르게 이상한 목소리를 내고 말았다. 뒤돌아보니, 놀란 얼굴을 한 약장수 씨가 볼을 긁고 있었다.

"저기…… 괜찮으세요?"

"괘, 괜찮아요. 무슨 일, 인가요?"

다시 새빨갛게 얼굴이 달아올랐다. 그러나 이제 리즈레는 어찌할 도리가 없었다. 약장수 씨는 아직 의아한 얼굴을 하고 있었지만, 곧 표정을 부드럽게 바꾸며 밖을 가리켰다.

"손님이에요."

눈을 감으라는 말을 듣고 약장수 씨가 미는 휠체어를 타고 있자니, 철커덕 현관이 열리는 소리와 함께 바람이 **뺨**을 어루만졌다. 바로 뒤에서 키득키득, 하고 나무들의 우듬지가 스치는 듯한 상냥한 웃음소리가 들렸다.

"리즈레 씨…… 는 벌써 누가 왔는지 알고 있겠죠?"

옆에 선 약장수 씨가 장난스럽게 말했다. 그에 응하듯 「안녕!」 하고 밝은 두 목소리가 겹쳐 들려왔다.

"안녕하세요…… 아네 씨. 그리고 모네."

눈을 뜨고 돌아본다——보이게 되고 난 뒤로 두 사람을 만나는 것은 처음이다. 아네 씨와 모네는 리즈레에게 있어서 약장수처럼 소중한 존재다. 눈이 보이지 않았어도 두 사람은 마치 태양처럼 따듯하고 빛나는 사람이라고 느끼고 있었다. 드디어「만난다」고 생각하자, 자연스레 눈꼬리가 젖어 들었다.

——그리고.

"리즈레, 축하해!"

모네의 목소리와 함께 노란빛이 시야 가득 번졌다. 순간적으로 그것이 작은 들꽃을 빼곡하게 묶은 꽃다발이라는 것을 알아차렸다. 자연의 달콤한 향기가 콧구멍을 상쾌하게 간질었다.

"이걸…… 저에게, 주는 건가요?"

응, 하고 씩씩하게 고개를 끄덕인 소녀의 눈에는 리즈레와 마찬가지로 눈물이 고여 있었다.

"리즈레 언니의 눈이 나았다는 이야기를 들어서 모네랑 엄마가 따왔어!"

그 말에 리즈레가 옆을 바라보자, 모네를 많이 닮은 예쁜 여성이 역시 볼에 눈물을 흘리며 고개를 끄덕였다.

"……읏, 고맙, 습니다!"

리즈레는 꽃다발을 받았다. 약장수 씨가「대신 들어드릴까요?」라며 물어봤지만, 리즈레는 거절했다. 불편한 팔이라도 자신이 직접 들고 싶었다.

"모처럼이니, 두 사람도 저녁을 먹고 가지 않을래요?"

약장수 씨의 제안에 「그래도 돼?」 하고, 아네 씨가 웃었다.

"그럼, 셋이 리즈레의 회복을 축하해 주자. 나도 요리하는 걸 도와줄게."

"좋아요. 다 같이 먹을 수 있는 음식을 만들죠."

"와아――! 축하 파티다!"

만세를 한 모네는 리즈레의 휠체어를 밀며 공방 안으로 들어 갔다.

――요리가 준비되는 동안에는 모네와 둘이 이야기를 나누며 기다리기로 했다. 무언가 도울 일이 있으면 좋겠다고 생각했지 만, 아직 어색한 자신의 팔로는 오히려 방해될 게 분명해 자중 했다. 평소에는 아네 씨의 일을 도와주고 있는 게 틀림없는 모 네도 리즈레가 따분해할 거라 생각해 이렇게 함께 어울려 주는 것 같았다.

"리즈레 언니의 눈은 정말 예쁘네."

모네는 그런 말을 하며 넋을 잃고 리즈레를 바라봤다.

"아, 아뇨…… 그렇지는……."

"정말이야――. 전부터 예쁘다고 생각했는데, 어쩐지 점점 더 예뻐지는 것 같아. 그에 비해 약 아저씨 눈은 막――."

"약…… 약장수 씨의 눈도, 예쁘다고 생각해요……."

마지막에는 중얼거리는 작은 목소리가 되는 바람에 모네가 「뭐?」 하고 되물었다. 리즈레는 웃어넘기며 슬쩍 조리대 쪽을 바 라봤다. 약장수 씨와 아네 씨가 나란히 채소와 고기를 썰고 있었다.

(약장수 씨…… 어쩐지 평소보다 즐거워 보이네.)

그런 생각이 드는 건 기분 탓일까? 보이는 만큼 의식해 버리는 걸까?——아무래도 약장수 씨와 아네 씨의 거리가 가까워 보였다. 그것은 단순히 물리적인 거리가 아니라 두 사람 사이에 흐르는 거리감이라고도 할 수 있었는데, 눈이 보이지 않는 동안에는 눈치채지 못했다.

(혹시…… 두 분은 사사사사사, 사귀고…… 있는 건가?)

"리즈레 언니?"

이상하다는 듯 모네가 얼굴을 들여다봤다. 리즈레는 황급히 시선을 돌렸다.

"무슨 일 있어?"

"앗, 저기. 그게……."

자기도 모르게 다시 두 사람을 보고 말았다. 모네도 덩달아 그쪽을 봤다. 그러더니 화들짝 놀란 표정이 되어, 다시 리즈레에게 시선을 돌렸다. 그 눈동자가 평소보다 더 반짝반짝 빛났다.

"리즈레 언니는 귀여워!"

"흐, 에? 뭐, 뭐가요?"

영문도 모르고 리즈레가 묻자, 모네는 조금 어른스럽게 피식, 웃어 보였다. 그리고 그대로 목소리를 줄이며 속삭이듯 말했다.

"리즈레 언니. 엄마랑 약 아저씨가 신경 쓰이는 거지?"

"시, 신경 쓰인다니요? 그건……."

다시 한번 흘끗, 두 사람을 바라보자, 때마침 뒤돌아본 약장수 씨의 붉은 눈동자와 눈이 마주쳤다.

"무슨 일 있어요? 리즈레 씨. 배고파졌나요?"

"배…… 배고파요."

안 배고파요, 라고, 말하려던 것이 머릿속의 혼란으로 인해 정반대의 말을 하고 말았다. 「앗」 하고, 얼굴이 새빨갛게 달아올랐을 때는 이미 늦었다.

"그럼, 서둘러서 만들게요. 이제 얼마 안 남았으니 조금만 기다려 주세요."

그렇게 재차 상냥하게 미소 짓는 약장수를 본 리즈레는 부끄럽기도 하고, 기쁜 나머지 새빨간 얼굴을 마구잡이로 흔들 수밖에 없었다.

"잘 먹었습니다! 아, 배부르다!"

디저트인 치즈 파이를 먹어 치운 모네가 만족스럽게 배를 문질렀다.

"정말…… 굉장히 맛있었어요!"

"다행이야. 또 만들러 와야겠네."

아네 씨는 웃으며 빈 접시를 부엌으로 옮겼다. 한발 빠르게 설거지를 하고 있던 약장수 씨가 「나머지는 혼자서도 괜찮아요」라며 아네 씨의 도움을 거절하는 소리가 들렸다.

"그래? 그럼, 모네. 이제 좀 쉴까?"

"좀 더 리즈레 언니와 수다를 떨고 싶은데──."

"곧 어두워질 거야. ──리즈레, 조만간 또 놀러 올게."

방긋 웃는 아네 씨에게 리즈레는 「감사합니다」라고 말하며 고개를 숙였다. 그리고 조금 고민한 뒤, 「저기!」 하고, 덧붙였다.

"응?"

"저…… 아네 씨와 약장수 씨는…… 사…… 사귀고 계신…… 가요?"

모르는 일로 혼자서 고민해 본들 어쩔 수 없다——그렇게 마음먹고 귓가에 슬쩍 물었지만, 아네 씨는 「뭐어어어어?!」라며 소리를 질렀다.

"무슨 일 있어요?"

부엌에서 들린 약장수 씨의 목소리를 들은 리즈레의 얼굴이 다시 새빨갛게 달아올랐다. 그런 리즈레를 본 아네 씨가 약장수 씨에게 날카로운 시선을 돌렸다.

"앗, 제가 무슨 일이라도 저질렀나요?"

"아무 일도 안 해서 화내는 거야! 하여간, 사정 정도는 제대로 설명해 두라고."

"저기, 무슨 이야기인지……."

"이제 됐으니까, 선생님은 설거지나 하고 있어."

당황하는 약장수 씨를 쫓아낸 뒤, 아네 씨가 헛기침했다.

"……저기, 리즈레. 선생님한테 못 들은 모양인데…… 나한테는 남편이 있어. 일 때문에 집을 비우고 있지만."

"엇…… 죄, 죄송해요. 이상한 질문을 해서……!"

리즈레는 허둥지둥 고개를 숙였지만, 아네 씨는 활짝 웃었다. 그리고 괜찮아, 라며 머리를 쓰다듬어줬다.

"리즈레는 그 정도로 선생님을 좋아하는구나."

"좋아…… 그건 저기…… 물론입니다! 그야 약장수 씨는 상냥하고, 제 은인이니까──."

문득 떠오른 것은 설산에서 조난할 뻔했을 때의 일이었다.

쓰러진 약장수 씨를 위해서 아무것도 할 수 없는 자신에게 절망했다. 최종적으로 도움을 줄 수 있었고, 약장수 씨는 리즈레에게 감사의 말을 해주었지만, 그것도 약장수 씨가 미리 목걸이를 줬기 때문에 가능한 일이었다.

그때에 비하면 아직은 어색하더라도 손을 사용할 수 있게 되었고, 볼 수도 있다. 그러니까 할 수만 있다면 좀 더──.

"빨리…… 도움이 되고, 싶어요."

그렇게 중얼거림으로써 리즈레의 바람은 마음속에 더욱 깊이 새겨졌다──그런 생각이 들었다.

꾸욱, 발끝에 힘을 넣는다…… 넣었을 터였다. 약장수 씨의 어깨에 두른 손. 반대로, 약장수 씨가 리즈레의 몸을 지탱하기 위해 겨드랑이 사이로 넣은 손. 그것들을 의식하면서 호흡을 정돈한다. 상쾌한 약초의 향기가 가까이에서 느껴진다.

"얼마 전보다 균형을 더 잘 잡을 수 있게 됐어요, 리즈레 씨."

바로 앞에서 약장수 씨가 온화하게 말했다. 그 가까운 거리가 간지럽게 느껴졌다. 그러나 지금은 그것보다 칭찬을 받은 것이 기뻤다. 하긴, 원래 약장수 씨는 정말 사소한 일이라도 칭찬을 해주지만──반보라도 앞으로 나아갔다. 그게 기뻤다. 기뻐서 조금 답답했다.

"후……우."

다시 휠체어에 앉자, 「고생이 많아요」라며 약장수 씨가 격려해줬다.

"오늘도 열심히 했네요. 차라도 끓여 드릴까요?"

"죄송해요……. 감사합니다."

매일 밤 계속되는 회복 훈련. 수줍음이 사라진 것은 아니지만, 그보다 역시 약장수 씨를 위해 조금이라도 할 수 있는 것을 늘리고 싶다. 그 한마음으로, 리즈레는 포기하지 않고 임했다. 약장수 씨도 충분할 정도로 도와주고 있다.

"──그리고 보니 좀 여쭤보고 싶은 게 있는데요."

"네……. 뭔가요?"

테이블까지 이동하자, 눈앞에 김이 모락모락 나는 컵이 놓였다. 큼지막한 손잡이가 달린 덕분에 리즈레도 들기 쉬웠다. 만에 하나 차를 쏟더라도 문제가 없게끔 살짝 미지근한 온도로 우려낸 것도 약장수 씨의 배려. 이 얼마나 착한 사람일까.

약장수 씨는 그대로 정면의 의자에 앉았다. 그는 컵을 기울여 한 모금 마신 뒤, 붉은 눈동자로 리즈레를 바라봤다.

"우리 공방에는 약품의 소재를 제공해 주는 보따리상이 정기적으로 들르는데…… 오늘 오신 분이 말씀하기를 요즘 마물이나 짐승에게 습격당하는 피해가 많이 발생하는 것 같아서요."

"그렇군요……."

고개를 끄덕이고 난 뒤 깨달았다.

"그러고 보니, 아담스카 씨가 있는 곳에 갈 때도 곰이랑 뱀이……."

"네. 저도 그게 생각났어요."

약장수 씨는 고개를 끄덕이고 나서 차를 다시 한 모금 마셨다.

"마나의 흐름이 나쁜 땅이 많아지는 것 같아요. 그 산도 비슷한 느낌이었고요. 그래서 이를 피할 좋은 방법이 없냐는 얘기가 나와서……."

"좋은 방법…… 말인가요."

아쉽게도 리즈레에게 그런 지식은 없다. 어쩌면 기억을 잃기 전에는 알고 있었을지도 모르지만…… 지금은 전혀 기억나지 않았다.

그러나 약장수 씨의 얼굴은 어쩐지 밝았다.

"리즈레 씨는 그때 노래를 불러서 곰을 쫓아냈죠?"

"네? 아아…… 그러고 보니……."

솔직히 말하면, 약장수 씨의 말을 듣고 나서야 생각났다. 그건 정말 순간적인 일이었고, 정신을 차리고 보니 노래가 입에서 흘러나오고 있었다. 그때와 똑같은 일을 하라는 말을 듣는다면 노래를 부를 수는 있지만, 적어도 그때는 의식적으로 행한 일이 아니었다.

"그 곰은 겁을 먹고 있어서…… 그게 강하게 느껴졌어요. 반대로, 약장수 씨의 **소리**는…… 차가워서 마치 칼 같은――."

어렴풋이 당시의 일을 떠올리며 말했다. 맞다. 그때는 눈이 보이지 않아서 **소리**로 모든 것을 판단하고 있었다. 이렇게 눈이 보이게 된 지금 생각해 보면, **소리**는 말 그대로 소리일 때도 있고, 좀 더 다른——그 장소의 긴장되는 공기나 분위기, 마나의 흐름 같은 것도 **소리**로서 포착할 때가 있었다. 지금도 지각의 일종으로서 그 기능이 컸다.

문득 시야를 되돌리자, 약장수 씨가 큰 몸을 움츠리고 잔뜩 침울해져 있었다.

"야, 약장수 씨?"

"아뇨……. 그게, 제가 무섭게 했다면 미안해요……."

"앗, 그게…… 시, 신경 쓰지 마세요."

리즈레는 약장수 씨를 무섭다고 생각한 적이 없다. 다만, 그 곰은 겁에 질려 있었다. 이쪽과 조우하기 전부터 그랬고, 약장수 씨의 살기를 느끼고 나서는 더욱 심해졌다. 그렇다. 그래서 리즈레는 **노래**했다.

"그렇네요……. 그런 식으로 『괜찮아』라고 목소리로 전하면…… 서로 안심할 수 있어요."

"——!"

약장수 씨의 얼굴이 확 달라졌다. 수염이 자란 턱에 손을 댄 그는 잠시 고개를 숙이고 생각에 잠겼다. 상냥한 평소의 표정과는 다르게 늠름함이 느껴졌다.

"……유적지 같은 곳에 설치된 함정 중에는 만드라고라의 목소리를 발생시키는 장치가 있습니다만."

"앗? 네, 네!"

무심코 넋을 잃고 있던 리즈레는 이를 얼버무리기 위해 황급히 목소리를 냈다. 약장수 씨는 조금 의심하는 듯 눈썹을 추켜세웠지만, 곧바로 본론으로 들어갔다.

"어쩌면 비슷한 물건을 만들 수 있을지도 몰라요. 소리의 본질은 공기의 진동이니, 제 진동 마법을 이용하면⋯⋯."

"약장수 씨의 아르마는 진동의 마법이었군요."

가까이서 아르마를 사용하고 있다는 것은 이전부터 느끼고 있었다. 그러나 잘 이해하지 못했다. 또 하나, 약장수 씨에 대해 새로 알게 된 것이 생겨 기뻤다.

"네. 평소에는 심박 강화나 칼날에 사용하는 경우가 많지만, 소리의 파동을 억제하는 데 쓴 적도 있고, 비슷한 원리로——."

"네⋯⋯?"

솔직히 하나도 이해되지 않았으나, 리즈레는 고개를 끄덕였다. 약장수 씨는 조금 초조한 듯이 「엇, 아, 아니」라며 입을 우물거렸다. 그러고는 콜록, 하고 헛기침을 한 번 했다.

"⋯⋯그래서 말인데요. 리즈레 씨. 협조해 주시겠어요?"

협조.

상상은 되지 않아도, 그 단어가 유난히 머리에 와 닿았다.

(약장수 씨에게⋯⋯ 도움을, 준다⋯⋯!)

"저⋯⋯ 해 볼래요! 도와드리고, 싶어요⋯⋯."

힘을 너무 많이 준 바람에 자신도 모르게 귀가 움찔움찔 움직였다. 약장수 씨는 「감사합니다」라고 말하며 고개를 끄덕인 뒤 일단 자리에서 물러났다. 그리고 공방 안쪽에서 무언가를 가져왔다.

"이건…… 돌, 인가요?"

그것은 손바닥만 한 반투명한 돌이었다. 약장수 씨는 그것이 굴러가지 않도록 받침대 위에 놓았다.

"이건 마층석의 덩어리입니다. 평소에는 약의 효과를 증폭시키기 위해 얇게 깎아 재료의 일부로 삼습니다만, 이번에는 제가 리즈레 씨가 부르는 노래의 진동을 복사해서 여기에 마법진과 음파를 새길 겁니다."

즉, 리즈레가 노래를 부르면 약장수 씨가 아르마를 써서 그 소리를 진동으로써 이 돌에 기록한다는 건가.

"이것을 향해 노래하면…… 될까요?"

"노래 자체는 제가 입력할 거니까 평범하게 부르면 됩니다."

"알겠어요. 그럼…… 부탁드립니다."

후욱, 숨을 들이마셨다. 약장수 씨의 몸에 마나가 흐르는 것을 알 수 있었다──아르마를 발동하고 있는 거겠지. 리즈레 또한 이전보다 의식적으로 마나를 흘려보내고, 그것을 다시 독특한 선율에 올렸다.

『──.』

언어로 표현할 수 없는 노래. 기억은 없지만 노래만은 저절로 나왔다. 리즈레는 노래를 부르면서 이상한 그리움에 휩싸였다.

이걸로 약장수 씨께 도움을 줄 수 있다고 생각하면 기뻤다. 약장수 씨 이외의 사람들에게 도움을 주는 것도 기뻤다. 그리고 겁에 질린 동물들에게 도움이 되는 것도.

계속 쓸모없던 나. 그런 자신이 조금이라도 은혜를 갚을 수 있다고 생각했더니 기분이 고양되어 목소리가 더욱 커졌다.

"——네. 이 정도면 됐어요."

약장수 씨의 목소리가 들려, 리즈레는 노랫소리를 멈췄다. 고양된 탓인지 몸까지 후끈후끈 달아오른 것 같았다.

"이제 마나를 돌에 흘려보내면 다른 사람들도 노래를 재생할 수 있을 겁니다. 똑같은 걸 몇 개 만들고, 상품으로써 보따리상에게 건네줄 생각입니다만…… 괜찮을까요?"

"네……. 물론이에요."

어쩐지 「물론이에요」라고 말하는 자신의 목소리에 약간의 망설임이 있었다. 그러나 리즈레의 표정이 밝았기 때문인지 약장수 씨는 눈치채지 못한 모양이었다. 그저 「감사합니다」라며 미소를 지었다. 다행이었다. 모처럼 도움을 줄 수 있는 기회인데 이상하게 신경 쓰게 만들고 싶지 않았다.

(게다가…….)

리즈레는 가만히 돌을 바라봤다.

약장수 씨는 이걸 「상품」이라고 말했다. 즉, 이건 사람을 돕는 일이기도 하지만 동시에 돈을 마련하는 수단의 일종이라고도 볼 수 있다.

(어쩌면…… 돈이 부족한 걸지도 몰라.)

생각해 보면 리즈레가 이곳에 온 뒤로 꽤 많은 시간이 흘렀다. 그동안 약이나 식사 같은 것도 계속 신세 지고 있고, 무엇보다 아담스카 씨에게 받은 치료의 대가로 상당한 금액을 지불했다. 두 사람의 대화를 통해 그걸 느끼고 있었다.

그렇다면 이번 일은 자기 탓이다. 그렇게 생각하자, 보답하고 싶다는 마음이 리즈레 속에서 점점 강해졌다.

"저기……."

"네. 왜 그러세요?"

약장수 씨는 자리에서 일어나려 했지만, 리즈레의 얼굴을 보자마자 다시 앉았다. 그리고 「무슨 일 있나요?」라고, 조용히 되물었다. 이런 점이 리즈레의 마음을 참을 수 없이 옥죄었다. 그리고 등을 떠밀었다.

"사실…… 저, 계속 신세를…… 저기. 그래서 뭔가, 그 밖에 도움을 줄 수 있으면 해서……."

하고 싶은 말은 많은데 잘 정리가 되지 않았다.

(안 돼…… 안 돼. 제대로, 말하지 않으면.)

더 이상 설산에서 했던 생각은 하고 싶지 않다. 무엇보다 의지하기만 하는 자신이 아니라, 약장수 씨를 마주할 수 있는 그런 내가 되자고. 그날 눈이 보이게 된 숲속에서 결심했다.

"저기…… **공방**에서 일할 수…… 없을까요……."

——말했다!

가슴이 두근거렸다. 어쩌면 약장수 씨 위로 쓰러졌을 때 이상으로. 이 두근거림은 하고 싶었던 말을 전한 성취감 때문일까, 아니면…… 불안감 때문일까.

슬쩍 앞을 봤지만, 붉은 눈동자와 눈이 마주치는 일은 없었다. 약장수 씨는 골똘히 생각하는 듯이 고개를 숙이고 있다.

"저기…… 저."

"리즈레 씨…… 그건."

약장수 씨는 중얼거리고는 다시 입을 다물었다. 그러나 이번에는 고개를 들었다. 리즈레는 이를 바라보며 이어질 말을 기다리기로 했다. 하고 싶은 말은 전했으니…… 입술을 꽉 깨물었다.

이윽고 덜그럭 소리를 내며 약장수 씨가 일어섰다.

"──리즈레 씨."

"……네!"

"리즈레 씨의 제안에 『네』라고 말하는 건 쉬워요. 하지만 솔직히 리즈레 씨의 몸은 그 정도로 안정되지 않았습니다. 손발도 잘 움직이지 못하고, 마법도 아직 사용할 수 없어요."

약장수 씨의 말은 사무적이었다. 그는 담담하게 사실을 전했다. 그렇다, 사실이다. 혹은 약사가 내리는 환자에 대한 객관적인 진단.

"그런…… 어중간한 상황에서는 일을 부탁할 수 없어요."

어중간한. 그 말이야말로 지금의 리즈레를 그 무엇보다 단적으로 나타냈다.

(저…….)

부끄럽다.

많은 격려와 칭찬을 받았다. 어쩐지 가능할 거라 생각한 자신이 부끄러웠다.

약장수 씨의 말이 맞다.

리즈레는 손을 움직일 수 있게 되었다. ──어색하고, 세세한 움직임은 할 수 없지만.

일어설 수 있게 되었다. ——약장수 씨를 지지대로, 어떻게든 겨우 설 수 있을 정도로.

약장수 씨의 일이 얼마나 어려운지는 알고 있다. 환자로서 가까이서 봐 왔으니까. 환자를 상대하는 중요한 일이다. 그리고 그는 리즈레의 치아를 처음부터 만들어 버릴 정도로 매사에 열심이며, 결코 타협하지 않는다.

그런 일을 어중간한 사람한테 맡길 리가 없다.

"죄송해요……. 저……."

이제는 리즈레가 고개를 숙일 차례였다. 이렇게 확실하게 말해준 것은 오히려 약장수 씨의 상냥함이라 할 수 있다. 환자로서가 아니라, 「조수를 희망하는 상대」로서 마주해 줬다. 그걸 기뻐해야 한다.

"——그러니까."

문득 고개를 떨군 시선 끝에 약장수 씨의 발이 보였다. 그는 한쪽 무릎을 꿇고 살며시 손을 포개어 왔다. 큰 손. 단단한 손. 상냥한 손.

"리즈레 씨가 혼자서도 움직일 수 있게 되면…… 그렇게 되면 함께 일해주세요."

약장수 씨는 새끼손가락을 걸었다.

"이것도 약속이에요."

"……웃!"

그 말에 핑그르르, 하고 머리가 흔들렸다.

약속. 약장수 씨가 해준 약속.

나를 반드시 치료해 준다던, 내 의식이 분명하지 않았던 때 해 준 약속.

그리고 이번에는——나은 후의 약속.

(나는…… 언제까지고 이 사람 등에…… 상냥함에 기대기만 하는구나.)

한 걸음 내딛은 나는 볼 수 있게 되었다. 여기서 좀 더 나아가 ——넘어지지 않고 자기 힘으로 일어나야 한다. 그리고.

(약장수 씨와 함께 걷지 않으면…….)

비참한 상태였던 나를 버리지 않고, 첫 번째 약속을 향해 계속 진지하게 마주해 준 약장수 씨다.

분명 이번에도 **그렇게 될 거라고** 믿어주고 있기에 약속해 준 것이다.

(그렇다면 나는…… 거기에 응해야만 해.)

"약장수 씨…… 저, 변하고 싶어요. 좀 더…… 힘낼게요!"

"네."

방긋 웃으며 약장수 씨가 고개를 끄덕였다. 마치 아무런 걱정 도 하지 않는 듯이. 거기에 또다시 위안을 받는다.

분명 할 수 있다. 할 수 있어. 해야만 해.

무엇보다, 「함께 보내는 시간은 적으면 적을수록 좋다」라는 말 까지 했던 약장수 씨가 처음으로 해준 『미래』의 약속이다.

적어도 이제는 예전처럼 그저 거절당하는 것과는 다르다—— 그런 희망이 마음을 강하게 만들어 줬다.

자연스럽게 몸에 힘이 들어간 리즈레의 머리를 약장수 씨가 쓰다듬었다.

"그럼, 오늘은 이 정도로만 해두죠. 푹 쉬는 것도 회복에 중요한 약이니까요."

"네…… 네!"

"고개를 끄덕이며 문득 손끝을 바라봤다.

"그러고 보니…… 아까 새끼손가락은 뭔가요?"

"아…… 그렇네요. 제 고향에서는 약속할 때 이렇게 하는 관습이 있거든요."

"약장수 씨의 고향……."

새끼손가락을 의식해서 살짝 움직였다.

약장수 씨의 새끼손가락이 떠나간 뒤에도 왠지 아직 연결되어 있는 것 같은, 그런 간지러움이 느껴졌다.

＊＊＊

엘프 여자 한 명을 도와준들 과거의 죄는 청산되지 않는다. 그건 분명 알고 있을 터였다.

리즈레가 무의식적으로 도움을 요청했고, 내가 돕고 싶어서 그녀를 도왔다. 사실로서 존재하는 건 오직 그뿐이다.

그런데 어째서 그녀는 이렇게도 나에게 밝은 마음을 주는 걸까──.

사건의 발단은 아마도 리즈레와 두 번째 약속을 나눈 그날 밤.

그날부터 리즈레의 모습은 달라졌다.

"리즈레 씨, 괜찮아요?"

"괜, 찮아요."

생글생글 웃으며 팔을 저은 리즈레는 포크를 입가로 가져갔다. 식사 훈련. 이전과 다른 점은 포크와 손을 끈이나 천으로 고정하지 않고, 자력으로 입까지 옮기고 있다는 점이다.

"……괜찮습니다!"

덥석, 채소를 입에 넣은 뒤, 리즈레는 같은 말을 한 번 더 반복했다. 그리고 비워진 내 접시를 보며 「정리도 제가 할 테니, 약장수 씨는 일할 준비를 하세요」라고 말했다.

그날 밤부터 리즈레는 「자기의 일은 자기가」라며 나에게 도움을 요청하지 않게 되었다.

아니, 그녀는 원래부터 노력가다……. 그렇기에 아담스카의 저택에서 돌아온 이후의 회복도 놀라울 정도였다. 아침부터 밤까지 자체적으로 회복 훈련도 진행했다.

그때와 달라진 점을 찾자면, 우선 첫 번째. 강한 눈빛이다. 그것은 의지가 강하다는 것을 의미한다.

(너무 무리하지 않으면 좋겠는데…….)

내 접시를 치우며 등 뒤에 있는 리즈레의 기색을 살폈다.

움직일 수 있게 되었다고는 하지만 손가락 끝까지 세세하게 의식해서 움직이려고 하면 본래 이상의 힘이 필요하고, 정신적으로도 피폐해질 것이다. 힘이 과하게 들어가서 근육이 손상될 가능성도 있다.

그렇기에 무리하지 않는 페이스를 만들어 온 건데——.

(지금의 리즈레 씨에게 있어서 내가 참견하는 건 오히려 마이너스일지도 몰라.)

본인의 동기부여도 있고, 눈이 닿지 않는 곳에서 무리하게 되면 오히려 위험하다. 무엇보다 내가 계속「환자」로서 리즈레에게 관여해 온 것이 자의식을 되찾은 그녀에게 있어 역으로 부담이 되고 있었는지도 모른다……. 그렇기에 리즈레는 갑자기 고집을 부리기 시작한 거고, 여기서 과보호해서는 본전도 못 찾는다.

혼자 움직일 수 있게 되면 같이 일하자는 약속은 리즈레와 대등한 입장에서 맺어졌다. 그리고 그 약속을 향해, 그녀는 지금 자신의 의지로 힘차게 나아가고 있다.

(믿는 거야, 리즈레 씨를.)

여기까지 믿기 힘들 정도의 회복력을 보여준 그녀다. 내가 부탁받지 않는 한, 위험할 때만 서포트해 주는 걸로 일관하자.

슬쩍 뒤를 돌아보자, 리즈레가 떨리는 손으로 잡은 포크에 꽂은 소시지를 입에 집어넣고 있었다.

***

"보따리상에게 이달 납품하기로 한 『가창석(歌唱石)』은 기한에 맞출 수 있다고 치고……. 다음 달은 음…… 약초나 재료의 채취, 그리고 조합과 포장…… 아아, 장부 정리도 해야 하네……."

공방 책상에서 리스트를 써 내려간다. 눈앞의 작은 창문으로 들어오는 하얀 빛이 어느새 날이 밝았음을 알려준다. 아무래도 깜빡 밤을 새우고 만 모양이다.

(하지만 손을 댄 곳까지는 끝내고 싶어······.)

——리즈레를 지켜보며 내가 할 수 있는 일을 한다. 그렇게 마음먹고 나서 넉 달의 시간이 흘렀다. 리즈레는 기죽지 않고 힘든 내색 하나 없이 훈련에 매달렸다.

그런 그녀에게 내가 해줄 수 있는 일. 보답할 수 있는 일이 있다면——.

장부를 가져와 페이지를 넘겼다. 일전에 보따리상으로부터 받은 지 얼마 안 된 메모를 바라보며 수중의 계산기를 두드렸다.

(······이거라면.)

갑자기 등 뒤에서 똑똑, 노크 소리가 들렸다. 곧바로 「들어갈게요」라고 하는 목소리가 이어졌다.

"후암······ 네."

제대로 대답해야겠다고 생각했는데 입을 여는 순간 하품이 새어나갔다. 문을 열고 들어온 그녀가 살짝 얼굴을 찡그렸다.

"좋은 아침이에요! 정말······ 그 얼굴, 또 밤을 새우신 거예요?"

콕, 하고 지팡이가 마루를 두드렸다. 목발을 짚고 방으로 들어온 리즈레는 입을 삐죽 내밀었지만, 금방 표정을 풀었다.

"너무 무리하진 마세요. 아침 식사와 차 준비가 끝났어요."

약속을 향해 계속 매진하던 리즈레는 손발을 완전히 자유롭게 움직일 수 있게 됐다. 거주 공간도 겨드랑이 사이에 낀 목발의 도움을 받아 자유로이 오가고 있다.

——그녀는 믿기 어려울 정도로 빠른 기간 안에 나와의 약속을 다해줬다. 그리고 처음의 제안대로, 이렇게 집안일과 일을 도와주고 있다.

"죄송해요, 저도 모르게……."

"바쁘시겠지만…… 몸에 부담이 가지 않도록 조심하세요."

말 안 듣는 아이를 타이르는 듯한 말투로 말하는 그녀의 표정은 예전보다 더욱 빛나고 당당해 보였다. 분명, 자립함으로써 본래 가지고 있던 그녀의 내면을 완전히 되찾았을 것이다. 상냥하고 강한 리즈레는 정말로 대단한 사람이다.

이렇게 그녀에게 도움을 받고 있자니, 이 시간이 언제까지고 이어질 것 같은——.

(아니, 무슨 생각을 하는 거야.)

탈선하려던 마음에 제동을 걸었다.

리즈레가 자립한 지금, 추구해야 할 목표는 그녀의 **원래 생활**을 되찾아 주는 것…… 그럴 것이다. 애초에 내 입으로 그녀에게 말하지 않았던가. 자신과 보내는 시간은 적으면 적을수록 좋다고.

(잠깐…… 그런데 왜 **나**는——자립한 이후의 약속 따위를 해 버린 거지……?)

지팡이를 짚고 앞서가려는 그녀의 뒷모습을 바라봤다. 처음 만났을 때는 상상도 못 할 모습. 리즈레는 하나뿐인 팔로 지팡이를 잡고 있다. 그 새끼손가락과 약속한 자신의 새끼손가락이 어쩐지 저리는 듯한 느낌이 들었다.

"……약장수 씨? 무슨 일 있나요?"

문득 뒤돌아선 그녀의 비취색 눈동자가 자신을 비추자, 그곳에는 어쩐지 약한 자신이 있었다.

"리즈레 씨…… 실은 부탁이 있습니다."

시선을 살며시 책상 위에 놓인 장부로 옮겼다.

내가 할 수 있는 일. 그녀를 위해 할 수 있는 일. 넉 달 동안, 나도 겨우 그 목표를 따라잡았다.

"──저와 함께 가주실 수 있을까요?"

거리 곳곳에서 연기가 치솟고 있다. 공장의 불에서 뿜어져 나오는 연기로, 그것들은 하늘로 올라가 마치 구름이 거기서 만들어지는 것 같은 착각을 하게 만들었다.

"──도착했습니다. 이곳이 공업도시 『볼스틴』이에요."

등 너머로 말을 걸자, 「우와……」 하고, 리즈레가 감탄하는 소리가 들려왔다. 이번 여행은 지게를 사용하지 않았다. 마도공기에 올라탄 리즈레는 앞좌석 시트에 앉은 내 허리에 매달려 있으며, 거기에 더해 떨어지지 않도록 끈으로 고정해 놨다.

"대단해요."

상공에서 거리를 내려다본 리즈레가 놀라움의 목소리를 높였다.

"드워프령이라 그런지 독특한 문화와 거리 풍경을 지니고 있네요. 공업도시인 만큼 이곳은 제조업이 활발한데…… 지금 향하는 곳 역시 마장구와 단금(鍛金) 공방입니다. 이른바, 대장간이죠."

드워프는 손재주가 좋은 종족으로, 이 마도공기도 드워프가 만든 특제품이다.

이번에 이곳을 찾은 것도, 그런 드워프의 기술력에 의지하기 위해서다.

"여기에도 약장수 씨의 친구가 계신 거죠?"

"네…… 뭐, 연락은 했습니다만……."

솔직히, 아직 답장이 오지 않는 점이 마음에 걸렸다.

(갑자기 찾아가는 것보다는 낫다고 생각했는데…….)

"약장수 씨……?"

"아, 아무것도 아닙니다. 일단 지상으로 내려갈까요?"

어쨌든 만나지 않으면 아무것도 시작되지 않는다. 나는 조종간을 쥔 손에 힘을 주어 아래로 향했다.

"와아…… 대단해요!"

지상을 걷던 리즈레가 상공에 있을 때와 똑같은 말을 했다. 두리번두리번 주위를 둘러보는 그녀는 아무래도 취락과는 전혀 다른 경치에 빠져 있는 것 같았다. 도로가 돌로 포장된 덕분에 지팡이를 짚고 있어도 걷기 편했다.

초입에 마련되어 있던 관문을 통과하자, 확실히 **바깥**과는 다른 문화가 선명하게 퍼진 마을의 모습이 눈에 들어왔다. 이를 본 리즈레가 흥분하는 것도 충분히 이해할 수 있었다.

키가 큰 건물이 많은 도시 속을 걷다 보니 자신이 작아진 것 같다는 착각이 들었다. 건물을 이어주듯 알록달록한 플래그 가랜드가 거리 전체를 장식하고 있었으며, 그것이 어딘지 모르게 이국적인 정서를 느끼게 했다. 연기가 피어오르는 하늘 위보다도 이렇게 걷는 지상 쪽이 다소 시원했다.

"가게는 이쪽입니다."

목적지는 『아다마 라이터』라는 이름의 공방이다. 가게 근처까지 다다르자, 단금 공방 특유의 열기가 전해졌다. 그리고 그 열기 속에 달라붙은 불과 금속, 기름 냄새도.

"실례합니다……. 편지를 보낸 사람입니다만, 단조사(鍛造師)
마드리리는……."

문밖에서 안을 들여다보며 말을 걸었다. 구면인 **그녀**는 금방
찾을 수 있었다. 입구 근처의 모루에서 작업에 한창 열중하는
중이었다.

얼핏 보기에도 낡은 멜빵바지와 장갑은 도구를 소중히 여기는
그녀가 오랫동안 사용해 온 것들이다. 반다나 사이로 튀어나온
곱슬기 강한 붉은 머리 또한 특징 중 하나이며, 어딘가 그녀를
닮아 거칠게 뻗어 있었다. 입에는 막대사탕을 물고 있었는데,
이는 옛날부터 이어진 그녀의 오래된 습관이다.

"──마드리리 씨! 죄송해요, 연락드린 건 말인데요……."

그렇게 한 걸음, 공방 안으로 들어서려 할 때였다.

"웃기지 마, 쿠로스케!"

갑자기 들린 큰 소리에 공기가 찌릿찌릿 떨리는 것 같았다. 빠
직, 소리가 내며 마드리리가 물고 있던 막대가 부러졌다. 불쾌
한 듯이 쏘아붙인 그녀는 투박한 보호용 안경(고글)을 이마에 걸
치며 이쪽을 째릿, 노려봤다.

"마드리리 씨──."

"무슨 생각으로 내 앞에 엘프를 데려온 거야! 너도 들어본 적
이 있을 텐데? 아무런 소식이 없다는 건 똥 같은 소식밖에 없기
때문이다, 라는 말을!"

"저기…… 보통, 무소식이 희소식이라고들 하지 않나요……?"

대답하며 역시 포기하고 싶다는 마음이 번져 나갔다. 이렇게 될 거라는 건 대충 예상할 수 있었다.

마드리리는 아담스카, 그리고 나의 은인과 공통된 지인이다. 여기까지 타고 온 마도공기도 마드리리의 손을 거쳤다.

그녀가 엘프를 몹시 싫어한다는 것은 알고 있었다. 그 감정은 단순한 편견이 아니라 경험이 뒷받침하고 있다고 한다. 드워프는 엘프와 마찬가지로 장수하는 종족이니, 분명 여러 가지 일이 있었을 것이다. 후드로 머리를 가린 리즈레는 내 한 걸음 뒤에서 잔뜩 긴장한 채 서 있었다.

──하지만 그런 그녀를 찾아온 데는 이유가 있고, 그 이유에 관해서는 결코 단념할 수 없다.

"편지에도 적었습니다만, 마드리리 씨에게 부탁드리고 싶은 건 그녀의 의수와 의족 제작입니다. 마드리리 씨밖에 의지할 사람이 없습니다."

그녀는 우수한 의수와 의족을 만드는 전문가다. 리즈레는 일상생활에는 어느 정도 지장이 없을 정도로 회복했지만, 그래도 역시 불편함은 남아 있을 거다. 무엇보다, 공방 일을 도와주고 있는 이상, 안전에 대한 부분도 걱정이 됐다.

아담스카가 그녀의 왼손과 오른발을 절단한 이후 생각해 오던 일이긴 했지만, 역시 의수와 의족은 필요하다고 판단해 이곳을 방문하기로 했다. 다행히 가창석 덕분에 필요한 금액에 도달할 수 있었다. 이제 남은 건 마드리리의 승낙인데…….

"절대로 안 돼."

마드리리가 단호하게 대답했다.

"엘프는 키가 클 뿐인 주제에 이쪽을 깔본다고. 나이를 먹어도 꼬맹이 같은 녀석들이다. 그런 놈들을 위해 내가 뭘 해주는 건 딱 질색이야."

"마드리리 씨가 엘프를 불편해한다는 건 잘 알고 있습니다. 하지만 리즈레 씨는 그런……."

"불편해하는 게 아니라 싫어하는 거야! 너도 키만 자란 거냐, 쿠로스케!"

그녀는 리즈레에게 눈길도 주지 않은 채 그대로 흥, 하고 공방을 나가버렸다.

"곤란하네요……."

그 등을 배웅하며 중얼거리자, 옆에 있던 리즈레가 「미안해요」라고, 풀 죽은 목소리로 말했다.

"저 때문에 친구분과 싸우게 돼서……."

"아뇨! 마드리리 씨는 뭐랄까…… 말투가 센 편이거든요. 그렇게 화가 난 건 아니에요."

아마도. 그렇게 마음속으로 덧붙였다.

"게다가 리즈레 씨의 잘못이 아닌걸요. 그러니까 분명 마드리리 씨도 조만간 알아줄 거예요."

아마도. 이번에도 역시 마음속으로 덧붙이며 리즈레에게 미소 지었다. 리즈레도 조금 안심이 되었는지, 표정을 풀었다.

그건 그렇고 내가 아는 사람 중 의수와 의족 전문가는 마드리리밖에 없다. 그녀가 완고한 태도를 취할 것이라는 건 이미 예상하고 있었다.

"마드리리 씨도 마음속의 앙금만 없으면 친절하고, 잘 돌봐주는 좋은 분이에요. 조금만 더 버텨보죠."

"……네!"

리즈레의 귀가 꿈틀거리며 의욕에 찬 얼굴로 변했다. 그 모습을 봤더니 어쩐지 나까지 힘이 나는 것 같아, 조금 웃고 말았다.

『아다마 라이터』에는 마드리리 이외에도 여러 명의 드워프 장인들이 있고, 이들은 각각 마장구를 만들고 있다. 마드리리가 소속된 공방인 만큼, 다른 장인들이 만드는 의수와 의족도 훌륭하다.

마장구는 마충석을 동력으로 작동하며, 기본적으로는 우리가 타고 온 마도공기와 동일한 구조를 지니고 있다. 공방 안을 견학하면서 방금 막 만들어진 의수를 본 리즈레가 눈을 반짝였다.

"대단해요……. 매우 예쁜 손이네요."

"오, 보는 눈이 있는데, 엘프 아가씨. 의뢰인이 매일 사용하는 물건이니까. 손가락 끝부분까지 꼼꼼히 신경 써서 만들고 있단다."

다행히 다른 드워프들은 리즈레에게도 우호적이었다. 리즈레가 솔직하게 감탄해서인지, 공방 안의 분위기가 점점 고조되어 갔다. 그 때문에 마드리리가 돌아왔을 때 또다시 역린을 건드리는 것은 아닐까, 하고 내심 걱정되었지만──장인 중 한 명이 슬쩍 내게 귓속말했다.

"미안해, 형씨. 우리가 대신 엘프 아가씨의 손발을 만들어 줄 수도 있지만, 그러면 마드리리의 체면이 구겨질 거야."

"아, 괜찮습니다."

나로서도 마드리리와의 관계를 망치고 싶진 않았다. 장인이 하고 싶은 말은 잘 안다. 그는 「그리고 말이야」라며 말을 이었다.

"분하긴 하지만, 마드리리 녀석이 만드는 팔과 다리는 특등품이거든. 그 아가씨를 진심으로 생각한다면 역시 그 녀석한테 만들어 달라고 하는 게 좋을 거야."

드워프 사회에서는 남성과 다름없이 신체가 완강하면서도 출산 능력이 있는 여성 쪽이 더 높은 위치를 차지하며, 한 수 위취급을 받는다고 한다. 가정의 형태로써도 일처다부제가 일반적이라는 말을 들은 적이 있다.

마드리리는 그중에서도 강한 리더십을 발휘하며 살아온 여성이다. 그야말로 한 수 위가 아니라 두 수 위 취급을 받고 있을 것이다.

──그때였다. 공방 입구에서 돌아오는 마드리리의 모습이 보였다. 아무래도 쇼핑을 하고 왔는지 입에 새 사탕을 물고 있다.

(안 돼!)

공방 안에서 신나게 이야기를 나누는 장면을 들키기라도 하면 ──그렇게 생각했지만 이미 늦었다. 장인들과 수다를 떨고 있는 리즈레의 모습은 금세 마드리리의 눈에 띄고 말았다.

"장착하고 있는 사람의 마나를 전달해, 원하는 대로 움직이게 해 주는 건가요?"

"그래, 맞아. 여기에 있는 접속 마도 유닛을 통해서 말이야. 이루다인은 마나가 적지만 아가씨 같은 엘프가 사용한다면 특별 주문품이 필요하겠군."

"과연…… 그렇게 사용하는 사람에 따라 고민하며 만드는 거군요……. 대단해요."

"저기──잠시만요, 리즈레 씨. 지금……."

일단 나갔다가 다시 돌아오는 것이 좋지 않을까, 하고 마드리리를 곁눈질하며 리즈레에게 말을 걸었다.

「사람이 자리를 비운 사이에 뭘 멋대로 헤집고 다니는 거야?」라며 지금 당장 호통이 날아와도 이상하지 않은 상황이었다. 하지만.

(……어라?)

마드리리는 리즈레를 빤히 쳐다보더니, 그대로 시선을 돌려 자신의 모루로 돌아가 버렸다. 그러고는 나가기 전에 하던 작업을 계속했다.

(내 생각이 너무 지나쳤던 건가……?)

그렇다고는 해도 언제 마드리리의 마음이 바뀌어도 이상하지 않다. 일단 숙소라도 갈까, 하고 다시 한번 리즈레에게 말을 걸려고 했으나──어느새 곁에서 사라진 뒤였다.

"어, 어라? 리즈레 씨……."

"형씨, 저기 좀 봐."

"이야─대단한 도전자네."

장인들의 시선을 따라가자, 어느새 마드리리에게 다가간 리즈레의 모습이 보였다.

(리즈레 씨?!)

"──실례하고 있습니다…… 마드리리 씨."

"엄청난 실례야. 다른 데 가버려."

마드리리가 시선도 마주치지 않고 매정하게 대꾸했다. 나는 무의식적으로 침을 삼켰다. 중재해야 할까──끼어들 타이밍을 가늠하는 사이에도 리즈레는 마드리리에게 계속해서 말을 걸었다.

"죄송해요. 아까는 약장수 씨한테만 대화를 떠넘겨서……. 저에 관한 일인데 인사도 못 드렸네요."

"됐어. 엘프의 인사 따위 듣고 싶지 않아."

"그러신가요. 죄송합니다……."

리즈레가 말하자, 마드리리는 「하!」 하고 웃었다.

"자존심이 높은 엘프님이 뭘 사과하는 거지? 비위를 맞출 생각이라면 그만두는 게 좋아. 아무런 의미도 없으니까."

"아뇨…… 저는, 저기…… 기억이 없기 때문에 엘프가 마드리리 씨께 어떤 심한 태도를 취했는지조차…… 몰라요. 그게 어쩐지 죄송해서……."

마드리리의 분노를 정면으로 받아들이지 못하는 것에 대한 미안함. 그녀의 머릿속엔 아무런 계산도 없을 것이다.

"……너의 그 손발은 이루다인한테 당한 거겠지?"

아무래도 편지는 읽은 모양이다. 마드리리가 비스듬히 앉으며 물었다.

"그런데도 이루다인인 저놈과 함께 있어도 아무렇지 않은 거야?"

"네? 아, 네⋯⋯."

리즈레가 어리둥절하다는 듯이 고개를 끄덕였다. 무엇을 묻고 있는지, 전혀 모르겠다는 얼굴로.

"약장수 씨는 저에게 계속 상냥하게 대해 주셨어요⋯⋯. 지금 이렇게 움직이고 있는 것도 약장수 씨 덕분이에요."

"아니⋯⋯ 근데 이루다인은 이루다인이잖아."

"네⋯⋯? 하지만 약장수 씨는 약장수 씨니까⋯⋯."

엉뚱하다고도 할 수 있는 리즈레의 대답을 들은 마드리리는 머리를 감싸듯 고개를 숙였다. 나는 그런 그녀에게 살며시 다가갔다.

"저기⋯⋯ 마드리리 씨, 리즈레 씨."

"──아─정말! 엉망진창이야!"

돌연히 마드리리가 고개를 들고 작게 혀를 찼다.

"바보 같아. 작은 것에 집착이나 하고⋯⋯. 이래서야 애 같은 건 내 쪽이잖아."

그렇게 겸연쩍게 신음하는 마드리리에게 「그렇다면」 하고, 말을 걸었다.

"리즈레 씨의 의수와 의족을⋯⋯?!"

"그래. 이 엘프 아이⋯⋯ 리즈레였나? 당신은 드워프의 기술에 경의를 표해줬어. 거절할 이유가 없다."

"가⋯⋯ 감사합니다!"

꾸벅 고개를 숙이는 리즈레를 보고 마드리리가 머리를 헝클였다.

"정말…… 엘프인데도 솔직한 아이야."

그리고 내 쪽을 돌아보더니 공방 앞에 놓아둔 마도공기를 가리켰다.

"저거, 네가 타고 온 거지?"

"아…… 네, 맞아요."

"그럼, 저 엔진을 사용할게. 이 아이를 위해서 만드는 의수와 의족에는 강력한 동력이 필요하거든. 저 녀석이 딱 좋아."

"하지만 그건……."

반대의 말을 한 건 리즈레였다. 그녀는 나를 힐끗 보더니 미안하다는 듯이 말했다.

"……약장수 씨에게 있어서 소중한 분의 물건이라고 들었습니다. 그걸 사용할 수 없게 되는 건……."

"괜찮아요, 리즈레 씨. 제 은인이 남긴 것이 남에게 도움을 줄 수 있다면, 그분도 분명 기뻐할 테니까요."

이건 결코 거짓말이 아니라 자연스럽게 나온 말이었다. 내가 본 그는 그런 사람이었다.

"——이제 된 거지?"

"네, 부탁드려요."

고개를 끄덕이자, 마드리리는 곧바로 리즈레의 팔과 다리의 치수를 재기 시작했다. 역시나 손이 빠른 사람이다.

"좋았어! 좋은 걸 만들어 줄게."

마드리리가 리즈레의 등을 툭툭 두드렸다. 이에 리즈레는 기쁜 듯이 「잘 부탁드려요」라며 고개를 끄덕였다.

(역시…… 리즈레 씨에게는 사람의 마음을 풀어주는 힘이 있
어——.)

어째서인지 나까지 자랑스러워지는 느낌이 들었다.

나는 웃으며 말하는 두 사람의 모습을 잠시 기쁘게 바라보고
있었다.

***

"용의 일격에도 견디는 경도를 자랑하는 드워프 강철——그것
을 특수한 기술로 가공함으로써 구성된 셸파츠는 세계에서 오
직 이곳만의 것이다."

마드리리의 연설에 주위에서 「맞아——」 하고 목청을 드높였다.

"견고함뿐만이 아니야……. 손끝까지 섬세한 조작을 가능하
게 하는 핸드 머니퓰레이터! 그것을 움직이기 위한 마나를 동력
에 과부족 없이 전도하는 접속 마도 유닛은 엘프를 위해 만들어
진 특별 주문품이야."

"오오오오!"

"물론, **다리**에도 그만한 기술을 쏟아붓고 있다. 초중량도 버티
는 토크(순발력)를 지닌 코어를 사용해, 안전성을 유지하고 있어."

"오오오오오!"

"저기…… 그쯤에서……."

마드리리는 리즈레를 앞에 세우고 사람들 앞에서 자신의 작품

을 선보이는 중이었다. 새로운 팔과 다리를 착용한 리즈레는 머 뭇머뭇 수줍어했다. 찬물을 끼얹은 나에게 「쳇」하고, 혀를 찬 마드리리는 바람잡이 역할을 맡고 있던 장인들을 해산시켰다.

"——뭐, 대충 이런 느낌이다. 불만 거리라곤 찾아볼 수 없는 스펙이지?"

"네…… 불만은커녕……."

일상생활에는 명백한 오버 스펙이지만. 불평할 처지가 못 됐 으므로 가만히 있기로 했다.

"움직임도…… 상당히 부드러워졌어요."

리즈레가 기쁜 듯이 마드리리에게 말했다. 사용자가 마음에 든다면 그걸로 됐다. 처음에는 손가락을 움직일 때 달그락달그 락 소리를 내며 손을 떨었지만, 사흘간의 조정 기간을 거친 끝 에 꽤 익숙해져서 대담하게 주먹과 보자기 동작을 반복할 수 있 게 되었다.

"그만큼 움직일 수 있으니 돌아갈 때는 걸어가도 되겠지. 하 지만 특히 의족은 장시간 사용하면 결합부에 어느 정도 손상이 생길 거야. 적당히 쉬면서 가도록 해."

"네…… 그렇게 할게요!"

리즈레의 대답에, 마드리리는 만족한 듯이 고개를 끄덕였다. 요 며칠 사이에 완전히 친해진 모양이다.

"그럼——조심해서 돌아가. 쿠로스케도 절약한다며 인색하게 굴지 말고, 제대로 포털이나 숙소를 이용하도록 해."

"알겠습니다……."

그렇게 말하는 것에 비해, 돌아가는 데 필요한 여비를 제외하고는 전부 빼앗겨 버렸지만——뭐, 굳이 말하진 않았다. 옆에서 배웅하며 손을 흔드는 리즈레의 웃는 얼굴을 보면 타당한 지불이라는 생각이 들었다.

"감사합니다! 꼭…… 다시 올게요!"

공방 장인들이 총출동해서 배웅하는 그 모습을 보고, 역시 이 사람은 사람을 끌어당기는 힘을 가지고 있다고 생각하고 있을 때였다. 리즈레가 종종걸음으로 내 곁으로 다가왔다.

"대단하네요, 그 정도로 움직일 수 있다니."

"네. 움직이기 편해요."

"마드리리 씨가 만든 의수와 의족이 우수한 것도 있겠지만…… 여태껏 리즈레 씨가 열심히 회복 훈련을 해왔기 때문에 그 성능을 더욱 끌어낼 수 있는 것 같아요."

갑자기 리즈레가 얼굴을 붉히며 「고맙, 습니다」라고 간지러운 듯이 중얼거렸다. 그리고 문득 새로운 손으로 내 손끝을 만졌다.

"리즈레 씨?"

"……이렇게 둘이 걸어서 집으로 돌아가는 건…… 처음이네요."

아침 해가 수줍은 미소를 비췄다. 그걸 보는 순간, 내 볼이 뜨거워지는 게 느껴졌다——하지만 이것도 전부 아침 해 때문이라고 생각하기로 했다.

"그렇네요."

지금은 그저 이 기쁨을 순수하게 맛보자고 다짐하며, 앞을 향해 걸었다.

***

취락에 도착한 것은 그로부터 나흘 뒤의 일이었다. 마드리리의 충고대로 포털을 전전하며 육로를 이동했다.

"와아……! 돌아왔네요, 약장수 씨."

공방 앞까지 도착하자, 리즈레가 기쁜 듯이 발을 동동 굴렀다.

"조심하세요. 익숙해졌다고는 해도 꽤 오래 걷기도 했고, 다리에 부담이 걸려있을 테니까요."

포털을 이용하긴 했지만 중간중간 걷는 시간도 많았다. 문득 생각난 건 도중에 들른 마을에서 들려온 대화였다.

『아무래도 동방에는 짐승이나 마수를 잠재우는 마나를 지닌 성스러운 무녀가 있다나 봐.』

——가창석.

공방을 드나드는 보따리상에게 넘긴, 이번 여행 경비와도 관련된 그 물건. 당초 예상했던 것 이상으로 높은 평판을 얻고 있는 모양인지, 그런 불필요한 소문까지 붙어버린 것 같았다.

(목적은 달성했으니 다음 수주는 거절할까…….)

그건 약간의 불안함 같은 감정이었지만, 소문으로 인해 예상치 못한 영향을 받을지도 모른다는 걱정이 드는 이상, 무리하고 싶진 않았다. 때마침 종종 거래하는 보따리상이 공방에 들를 시기였다. 만약 공방을 비운 사이 들렀다면, 우편함에 메모라도 남겨두었을 것이다. 그것만 확인하고 이쪽에서 먼저 거래 중지 연락을 넣자.

원래부터 리즈레가 가능한 한 사람들의 이목을 끌지 않도록 신경 쓰고 있었다. 이는 물론 인간 사회에서 심한 꼴을 당하고만 엘프인 그녀를 지키기 위해서였다.

가창석이 이렇게까지 큰 영향을 끼칠 줄은 몰랐는데——.

"약장수 씨?"

갑자기 이름이 불려 깜짝 놀라고 말았다. 어느새 눈앞에 리즈레의 얼굴이 있었다. 비취색으로 반짝이는 눈동자가 이쪽을 물끄러미 바라봤다.

"무슨 일 있나요? 고민이 있어 보여요…….'"

"……아, 별거 아닙니다. 안에 들어가서 말씀드릴게요."

그렇게 말하며 우편함을 확인한 나는——의문을 감출 수 없었다. 안이 비어 있었기 때문이다.

(아직 안 왔나? 별일이네.)

의심하고 있자니, 공방의 문 앞에서 리즈레가 「약장수 씨」 하고, 날 불렀다. 기분 탓인지 목소리가 들뜬 것 같았다.

"할 이야기가 있으시다면 곧바로 차를 우릴게요. 곁들일 다과로는 기념품으로 산 과자 중에 어떤 게——."

그렇게 말하며 리즈레가 문고리에 손을 대려 할 때였다.

날카로운 공기를 느낀 나는 말없이 리즈레를 끌어당겼다.

"야, 약장수 씨……?!"

"죄송합니다. 조용히 해 주세요——."

품에 안긴 그녀에게 살짝 속삭인 뒤, 문 너머로 안의 상황을
살폈다.

(인기척이 있어…….)

아네와 모네가 온 건가? 아니, 그녀들은 확실히 자주 찾아오
긴 하지만, 집을 비운 동안 부탁하지도 않았는데 멋대로 발을
들이는 짓은 하지 않아.

게다가…… 피부를 찌르는 듯한 이 익숙한 감각은.

(——살기!)

"리즈레 씨…… 잠시 떨어져 계세요."

"네? 아, 네."

심상치 않은 분위기를 눈치챈 건지, 리즈레는 순순히 몇 걸음
뒤로 물러섰다.

도적인가. 그건 그렇고 너무 조용하다. 상대는 아마 한 명.

혹시 모르니 전투용 나이프는 아직 꺼내지 말자. 대신 맨손으
로 자세를 취하고 문 쪽으로 한 발 내디뎠다. 그 찰나.

"돌아온 거냐, 이루다인 자식——각오해라!"

욕설과 함께 침입자가 뛰쳐나왔다. 손에 활을 쥐고 있는 것을
알 수 있었다.

나는 미리 준비해 둔 주먹으로 활을 떨어뜨리고, 동시에 시위
에 메기고 있던 화살을 빼앗았다. 그리고 재빨리 등 뒤로 돌아
가「움직이지 마」라고 경고했다. 사전에 알고 있었기 때문에 신

속하게 대응할 수 있었다.

팔을 목에 두르고, 빼앗은 화살로 경동맥을 노렸다. 뾰족한 끝을 언제든지 찌를 수 있는 거리였다.

"……윽?!"

"누구냐. 뭘 노리고 이곳에 온 거지?"

침입자는 **비취색** 눈동자를 크게 뜨고 이쪽을 올려다봤다. 습격이 실패했다는 걸 알고 당황하고 있을 것이다. 그럼에도 온몸에 긴장감을 늦추지 않았다. 지금 당장 반격해도 이상하지 않을 정도였다.

"이루다인 자식…… 이런 식으로 언니를 욕보인 거냐!"

"응? 언니——."

"약장수 씨……!"

그늘에 숨어서 상황을 지켜보던 리즈레가 걱정스러운 듯 말을 걸어왔다.

"괜찮으신가요? 부상이라든가…… 저기, 그분은……."

그 목소리를 듣자마자 습격자인 엘프가 깜짝 놀란 것을 알 수 있었다. 긴장된 분위기가 흐려지더니 비명에 가까운 소리를 질렀다.

"——언니!"

(언니?!)

팔을 푼 것은 거의 반사적인 행동이었다.

그 엘프는 아직 어린 소녀지만, 무장을 하고 있었으므로 완전히 경계를 풀 수는 없었다. 등 뒤에 리즈레를 숨긴 나는 이동하며 물었다.

"저기…… 당신은?"

"간사함의 덩어리와도 같은 이루다인에게 알려줄 이름 따위는 가지고 있지 않다! 그것보다, 언니를 풀어줘!"

이번에는 확실했다. 그늘에서 나온 리즈레를 「언니」라고 불렀다.

"당신은 리즈레 씨——그녀의 가족인가요?"

"그렇다. 네놈들이 언니를 빼앗은 뒤로 4년 동안이나 계속 찾아다녔어……."

나는 뒤에 있는 리즈레를 바라봤다. 리즈레는 어리둥절해하면서 나를 올려다봤다.

고개를 끄덕이자, 그녀는 마찬가지로 고개를 끄덕인 뒤, 한 걸음 앞으로 나아갔다.

"저기…… 저를 찾고 계셨나요……?"

"언니! 당연하지……."

소녀는 습격했을 당시의 날카로움을 내팽개치고 리즈레에게 안겼다. 두 눈에서는 뚝뚝, 눈물이 떨어졌다.

노래하는 돌에 대한 소문을 듣고 혹시나 했어. 언니가…… 그 돌을 억지로 만들고 있는 건 아닐까, 하고……! 그래서 소문을 따라 여기까지……."

"그렇…… 군요."

리즈레의 손이 울고 있는 소녀의 머리 근처를 헤맸다. 쓰다듬어도 될지 망설이고 있을 것이다. 잠시 뒤, 리즈레는 소녀의 등에 손을 얹었다.

"……저기…… 죄송해요."

"언니……?"

"저…… 저기. 예전 기억이 없어서……."

리즈레가 그렇게 말하자, 소녀는 옆구리를 세게 얻어맞은 듯한 표정을 지었다. 그리고 리즈레의 팔과 다리를 뒤늦게 눈치챘다.

"언니……? 그 팔다리는……."

"미안해요."

리즈레는 작은 목소리로 반복했다.

"당신의 이름을…… 가르쳐주지 않을래요……?"

***

"저는 이드리아라고 합니다. 좀 전에 언니를 구해주신 분께 무례하게 굴고 말았어요."

공방 안. 의자에 걸터앉은 소녀——이드리아가 깊이 머리를 숙였다. 어깨에 흘러내린 금빛 머리가 그녀가 움직임에 따라 흔들렸다.

"아뇨, 정중히 사과해 주셔서 감사합니다. 저야말로 난폭한 짓을 해서……."

서로 오해가 풀린 우리는 일단 현 상황에 관해 이야기를 나누게 됐다. 경계를 푼 이드리아는 확실히 리즈레와 많이 닮아 보였다.

"즉, 언니는 납치된 후 이루다인 귀족들에게 매수당해……."

"상황적인 판단일 뿐이므로 자세한 내막까지는 모르지만요."

내 설명에, 이드리아는 내 옆에 앉은 리즈레를 흘긋 바라봤다. 그 시선이 새로운 왼팔을 향했다.

"……어쩜 이리 끔찍한 일을……."

"이드리아 씨……."

너무나도 낙심해 있는 이드리아가 안쓰럽게 느껴졌는지, 리즈레는 미안해하며 그 이름을 불렀다. 이드리아의 눈썹이 괴로운 듯 일그러졌다.

"……언니. 당신은 숲을 받드는 자랑스러운 민족. 궁수 베르티스의 자식. ──이름은 루미레아 셰라 아스프룸."

──진짜 이름.

이제야 겨우 그걸 알게 될 줄이야.

"엇……."

리즈레가 작게 목소리를 냈다. 의식이 돌아온 뒤로 계속 다른 이름으로 지내왔으니, 위화감이 있을 것이다.

(하지만…… 이건 큰 자극이 될 거야.)

진짜 이름이 불린 걸 계기로 부디 기억이 돌아오기를…….

"당신은 제 친언니이기도 합니다. 저는…… 언니가 사라진 이후, 경찰 기구 부대──경병단에 소속되어 계속 언니 정보를 모았어요."

"……."

리즈레는 고개를 숙이고 입을 다물었다. 잃어버린 기억을 더듬으려 하는 걸지도 모른다.

"제가 이번에 바깥으로 나온 건 언니를 찾기 위해서 뿐만이 아니라, 어떤 임무를 맡고 있기 때문이기도 합니다."

"임무요……?"

내가 묻자, 이드리아는 작게 고개를 끄덕였다. 말하기 어려운 듯, 그녀는 약간 목소리를 낮췄다.

"**노래하는 돌**……. 그건 엘프의 마을에서도 문제가 되고 있어요. 그도 그럴 게, 그 돌에 담긴 **노래**는 엘프의 비술이니까요."

"비술……. 즉, 문외불출의 기술이란 의미인가요?"

놀라움이 반, 납득이 반이었다. 생물들에게 그 정도의 영향을 주어, 성녀에 관한 소문까지 돌게 만든 기술——배타적인 성향의 엘프가 다른 종족에게 숨기는 것도 무리가 아니다.

"네. 경병단은 비술을 돌에 담아 이루다인에게 넘긴 엘프를 죄인으로서 연행하기로 했습니다."

과연. 그런 거라면 이드리아가 처음에, 리즈레가 「억지로 돌을 만들고 있다」고 생각한 것도 이해가 됐다. 기억이 있었다면 결코 자진해서 할 리가 없으니까.

나는 고개를 숙인 리즈레에게 시선을 돌렸다

"돌에 대한 이야기는 나중에 하기로 하고……. 리즈레 씨, 이름을 듣고…… 어때요? 뭔가 기억나지 않나요……?"

리즈레의 어깨는 떨리고 있었다.

"**이드리아 씨**…… 여러 가지 이야기를 해주셨는데…… 아무것도 생각나지 않아요……. 게다가 아무리 몰랐다고는 해도 엘프가 소중히 지키고 있던 비밀을…… 외부에…….”

정말로 미안해요.

그 말을 반복한 리즈레는 눈물을 흘리지도 못하고 그저 자책감과 후회에 가득 찬 표정으로 자기 손을 바라봤다.

“리즈레 씨, 돌은 제가──.”

“사실 한 가지 더…… 전해야만 하는 일이 있어요.”

이드리아의 시선 역시 리즈레를 똑바로 바라보지 못하고 이리저리 방황했다. 어둡고 슬픔에 잠긴 눈동자가 앞으로 꺼낼 이야기의 중대함을 예감케 했다.

“언니가 마을의 규칙도 잊어 버렸다면…… 데리고 돌아가기 전에 말해야 할 것 같아서……. 사실은…….”

리즈레를 힐끗 바라본 이드리아의 시선이 흔들렸다. 못 견디겠다는 듯.

“임무를 맡은 자로서, 저는 언니를『비밀을 입 밖에 낸 죄를 재정하기 위해』마을로 데리고 돌아가야 합니다. 그러나 그 몸…… 이루다인에게 폭행당해 더럽혀진 몸으로는──마을로 돌아간들, 더 이상 엘프로서 여겨지지 않을 겁니다…….”

“뭐라고요……?”

나도 모르게 눈을 부릅떴다. 더럽혀진 몸? 리즈레가?

“리즈레 씨는 지금껏 갖은 고생을 하며 앞으로 나아갔어요……. 그걸 더럽혀진 몸이라고…….”

“엘프의 규칙을 이야기하는 거야! 나도…… 언니를 그런 식으로는 생각할 수 없어……. 하지만 마을 사람들은 언니의 몸을 보고 분명 그렇게 판단할 거다."

"……윽."

이럴 수가──.

리즈레는 몸을 회복하고, 원래의 생활을 되찾기 위해 노력해 왔다. 엉망진창으로 연결된 기계로 만들어진 팔다리는 리즈레가 쟁취해 온 노력의 증거다.

처음 만났을 때, **그런** 모습이 되어서도 놓지 않고 있던 단 하나의 소원이──설마 동료에 의해 꺾이다니.

"……즉, 돌 사건이 일어나지 않았다 하더라도 리즈레 씨는 더 이상 동료 취급을 받지 못한다는……."

"……맞아."

구제할 길이 없다──아니, 화를 낼 때가 아니다.

이대로 이드리아와 리즈레를 보내면 **위험**해질 거다.

엘프는 고상하고 배타적인 종족이다. 그런 그들이 「더럽혀졌다」며 동료로 인정하지 않기로 결정한 죄인에게 어떤 강도 높은 조치를 취할 것인가. 이는 상상하기 어렵지 않다.

"……비술의 누설은 나에게 책임이 있습니다. 리즈레 씨, 아니 ──루미레아 씨…… 를 마을에서 재판받게 할 거라면, 내가 경위를 증언해야만……."

내 말에, 이드리아가 눈을 번쩍 떴다. 루미레아도 황급히 「약장수 씨!」라고 목소리를 높였지만, 나는 이를 살며시 손짓으로 저지했다. 이드리아는 생각에 잠긴 듯 중얼거렸다.

"……그건 가능할지도 모르지만, 외부인은 마을에 들어가면

두 번 다시 나오지 못해. 언니에 대한 일은 감사하고 있어. 하지만 당신이 그렇게까지 할 필요는······."

나는 이드리아의 말을 들으며 루미레아를 바라봤다.

처음 만났을 때 어둡고, 아무런 감정도 느껴지지 않던 그 눈은 지금 비취색으로 반짝이고 있다. 괴사가 진행돼 움직일 수 없었던 손발은 새로 태어나, 함께 나란히 걸을 수 있게 되었다.

그건 루미레아의 노력의 결실이며, 난 그 모습에 격려와 구원을 받은 기분을 느낄 수 있었다.

——루미레아를 돕는 것. 그 이유는 셀 수 없을 정도로 많다.

"약속했습니다. 반드시 치료해 주겠다고."

루미레아를 바라보며 분명히 고했다.

"도중에 환자를 내팽개칠 수는 없어요. 저도——마을에 가겠습니다."

내 말을 듣고 몇 초간 고민하던 이드리아는 「괜찮겠지」라며 고개를 끄덕인 뒤, 자리에서 일어섰다.

"내일 아침에 출발할 거야. 준비해 둬."

"네."

다행이라 해야 할지, 방금 막 여행에서 돌아온 우리들은 아직 짐을 풀지 않은 상태였다. 몇 가지 소모품을 더하면 당장이라도 출발할 수 있을 것이다.

(그건 그렇고 엘프 마을까지는 얼마나 걸릴까——.)

"약장수 씨."

고민에 빠져 있던 내 바로 옆에서 목소리가 들려왔다.

루미레아가 울고 있다……. 하지만 동시에 그녀는 미소 짓고 있었다. 예쁜 눈동자에 슬픔이라고도, 불안이라고도, 안도라고도 할 수 없는 감정이 실린 눈으로 이쪽을 빤히 바라보면서.

"또 무턱대고……."

"아니요, 가창석을 발안한 건 저였습니다. 게다가 약사로서 책무가 있으니까요."

그건 그것대로 물론 본심이기는 했지만. 루미레아의 미소가 깊어지는 것을 본──나는.

"약장수 씨. 이 은혜…… 절대 잊지 않을게요."

(그런가.)

결국.

이유라든지 책임 같은 건 아무래도 좋다.

나는 그저──이 사람이 더 이상 불합리하게 상처 입는 미래를 용서할 수 없었던 거다.

"……괜찮아요, 리즈레 씨."

나도 모르게 내가 지은 이름으로 그녀를 부르며, 지금은 눈치채지 못한 척을 했다.

"꼭 함께 돌아와요."

"……네!"

그 웃는 얼굴에 진심으로 맹세했다.

무슨 일이 있어도 당신을 지켜내겠다고.

설령 이 목숨을 내던지더라도.

그만둬, 용서해 줘. 부탁이니까 더 이상 아무것도 하지 말고, 아무 데도 만지지 마.

나는 그저 몸을 씻기 위해 왔을 뿐인데. 바로 집으로 돌아갔어야 했는데.

나를 붙잡은 사람은 머리에 큰 화상 자국이 있는 남자였다. 바로와즈——그게 그 남자의 이름이었다.

내가 입고 있던 옷은 벗겨지고, 상품으로 취급되었다. 그러나 ——그렇다 하더라도 남자의 행동은 비정상적이었다.

귀는 도망치려 했을 때, 바르와즈와 함께 있던 남자의 마법에 의해 불태워졌다. 그리고 그 남자는 바로와즈에게 맞아 죽었다.

몇 번이고 몇 번이고, 바로와즈는 내 존엄을 해치고, 짓밟고, 증오와 욕망을 부딪쳐왔다. 목을 조르고, 유쾌한 표정을 짓고, 저주와 모멸의 말을 내뱉고, 빼앗고, 갖고 놀고, 위협하고, 비웃고, 때리고, 부쉈다.

무엇보다도 나의 절망을 빌며 기뻐했다.

상처투성이 귀. 그래, 기쁜 듯이, 화난 듯이, 나를 부르며.

눈을 떴을 때, 나는 원래 입고 있던 옷을 입고 차가운 돌바닥에 누워 있었다.

아아——여기가 어딘지 모르겠어. 하지만, 하지만.

그건 꿈이었던 거야. 꿈이 분명해.

울고 싶을 정도로 벅차오르는 기쁨과 안도. 빨리 집으로 돌아가야 해.

빨리, 빨리, 빨리——묘하게 재촉당하는 기분을 느끼며 일어서려던 내 앞을, 남자가 장승처럼 우뚝 가로막았다. 한 사람이 아니었다——많은 남자를 거느리고 히죽히죽 웃으며 즐거운 듯이 이쪽을 내려다보고 있었다.

"봐, 내 말이 맞지?"

바로와즈는 나의 얼굴을 보면서 또 그 표정을 지었다. 기뻐하는 것 같기도, 화난 것 같기도 한 그 표정을——.

"지금에 이르러서도 현실을 받아들이지 못하는 저능함……. 그것도 상처가 난 결함품이다. 그 변태 귀족한테 납품하기 전까지 무슨 짓을 하든 자유야——마음껏 즐기도록 해."

하지 마, 용서해 줘. 부탁이니까 더 이상 아무것도 하지 말고 아무 데도 만지지 마.

나는 그저 몸을 씻기 위해 왔을 뿐인데. 바로 집으로 돌아갔어야 했는데.

돌려보내 줘.

부탁이야, 보내 줘.

나는 그저 그거면 돼.

그걸로 충분해.

그런데, 어째서.

아아, 이젠 싫어. 싫어…….

부탁이야.

"집, 으로…… 돌아가고 싶, 어…………."

제9화

완수해야 할 약속

"그러니까——! 무리하지 말라고 실컷 얘기했잖아, 쿠로스케!"

남자의 모습을 한 아담스카에게 꾸중을 들은 청년은 망연한 얼굴로 입을 다물었다. 얼굴과 몸에는 끈적끈적한 파스가 붙여져 있고, 곳곳에 붕대가 감겨 있었다. 그 모두가 지금 막 처치가 끝난 것들이었다.

아담스카는 마치 어린아이에게 타이르듯, 「알겠어?」라며 일부러 부드러운 목소리를 냈다.

"너는 약하다. 이건 네가 이루다인이기 때문이고, 단순히 신체 구조의 문제야. 이해되지?"

"……네."

자못 불만스러운 듯 고개를 끄덕이는 청년에게 아담스카가 굳은 미소를 지었다.

"그래, 착하군. 그럼, **이 녀석**하고 약속해. 어차피 너는 이놈이 아닌 다른 사람의 말은 듣지 않으니까!"

아담스카가 가리킨 것은 어느새 그의 연구실에 들어와 있던, 두 개의 뿔이 난 덩치 큰 남자였다. ——웃고 있는 은인을 본 청년의 얼굴이 일그러졌다.

"뭐야, 또 아담한테 혼나는 거야? 어쩔 수 없지. 자."

은인이 내민 것은 오른손 새끼손가락이었다. 엉망진창인, 뻣뻣하고 커다란 손. 청년은 점점 얼굴을 굳히고 도움을 청하듯 은인의 얼굴을 바라봤지만, 이내 포기하고 자신의 새끼손가락을 걸었다.

"손가락 걸고 약속한 거다. 너무 무리하면 안 돼."

연구소를 나와, 둘이 걸었다. 움직일 때마다 어젯밤 임무 중 다친 다리가 심하게 아팠다. 하지만 최근 들어 바빠진 은인과 나란히 걷는 건 오랜만인지라, 청년은 비명을 지르고 싶어지는 기분을 무시하고 아무렇지 않은 척 계속 걸었다.

"이봐. 네가 정말 하고 싶은 건 뭐야?"

갑자기 은인으로부터 질문을 받은 청년은「네!」라는 말을 시작으로 거침없이 대답했다.

"혁명군의 이념에 따라 포악하고 잔학한 왕정을 무너뜨리기 위해, 한 사람이라도 더 많은 적을 잡는 것입니다!"

막힘없이 대답할 수 있었던 자신을 칭찬해 주고 싶다고, 청년은 생각했다. 다리의 통증 때문에 목소리가 흔들리는 일도 없었다. 그야말로 만점짜리 대답이다.

청년에게 있어서 은인이란 친부모와 같은 존재였다. 지금은 소속된 조직의 리더이자, 경외의 대상이다. 그런 그의 옆을 걸을 수 있는 것만으로도 자랑스러워질 정도다.

분명 내 대답에도 기뻐해 주겠지.

그럴 줄 알았는데.

"……그렇군."

툭, 하고 머리에 충격이 느껴졌다. 굳세고 커다란 손바닥은 그대로 쓱쓱 청년의 머리를 쓰다듬었다.

"큭……! 뭡니까? 나는 이제 어린애가 아니에요!"

"하하핫!"

은인은 크게 웃었다. 아무래도 불만 하나 정도는 말해도 될 것 같다는 생각이 들었다. 비록 군의 우두머리인 그는 전쟁터에 서면 말 그대로 귀신이라 불릴 정도의 사람이지만.

힐끗 고개를 들어 본 은인의 얼굴을, 나는 아마 평생 잊지 못할 것이다. 목소리와는 달리 어쩐지 슬픈 듯한 눈을 하고 이쪽을 바라보고 있었다.

왜 그런 얼굴을 하고 있을까. 내가 어젯밤 임무에서 실수해서 그런가? 아니, 하지만 그건 정체가 적에게 들켜서 위험한 상황에 몰린 동지를 지키기 위해 어쩔 수 없었어. 게다가 어떻게든 표적 자체는 처리할 수 있었고――.

굳어버린 청년의 머리를 다시 한번 쓰다듬으며, 반대쪽 손으로 자신의 하얀 턱수염을 만진 은인이 말했다.

"나에게 너는 귀여운 꼬맹이다. 언제까지고 말이지――."

***

"――여기가 입구다."

우리는 이드리아가 타고 왔다는 거대한 그리핀을 타고 마을로 향하고 있었다――서쪽으로 나아가던 도중 이드리아의 말을 듣고 아래를 내려다보자, 그곳에는 **돌연히 나타난** 산이 있었다.

"산꼭대기에…… 구멍이?!"

"이대로 파고들 거예요."

이드리아의 말대로 그리핀은 힘차게 구멍으로 뛰어들었다. 거센 바람이 불어와 눈이 아팠다. 구멍은 어둡고 깊었다. 어디까지고 계속 이어지는 구멍은 마치 바닥이 없는 것 같았다──그 한층 더 깊은 곳에 빛이 보였다.

"……읏!"

한낮 같은 눈부심에 눈을 감았다. 구멍 끝에서 모습을 드러낸 건 넓은 동굴과 그곳에 뿌리를 내린 거대한 수목군으로 이루어진 도시였다.

"어서 오세요, 언니.『엘스발리아』에."

이드리아가 루미레아에게 미소 지었다. 그 표정은 공방에 있을 때보다 조금 더 부드러워 보였다. 여기가 그녀의『집』이기 때문일까.

엘스발리아는 산속의 동굴에 있음에도 불구하고 지상과 마찬가지로 밝고, 따뜻했다. 아마 산꼭대기에서 들어오는 햇빛을 마력으로 증폭하고 있을 것이다. 거대한 수목군 때문인지 풀 냄새가 짙었으며, 눈을 감으면 울창한 숲속에 있는 듯한 기분이 들었다.

(이런 산속에 엘프의 마을이…… 이래서 지상의 숲에서는 발견되지 않았던 거군.)

이 정도로 엄중히 감춰진 곳이다. 마을을 찾은 외부인을 돌려보내지 않는다는 것도 납득이 갔다.

"여기가…… 나의 고향……."

주위를 둘러보던 루미레아가 중얼거리는 소리가 들렸다. 기억은 아직 돌아오지 않았다.

"우선은 새장으로 이 아이를 돌려보낸 뒤, 경무국 본부로 향할 거야. 마을로 돌아오면 곧바로 보고해야 하니까."

이드리아가 그리핀의 복슬복슬한 목덜미를 쓰다듬으며 말했다. 나와 루미레아는 고개를 끄덕인 뒤, 새장으로 내려왔다.

"고생 많았어, 그림."

잠자리로 돌아온 그리핀은 기수인 이드리아의 격려를 받자, 어리광을 부리는 것 같은 목소리를 냈다. 이드리아도 큰 머리에 볼을 비비며 화답했다. 그 정도 관계가 형성되어 있기에 장거리 이동을 함께할 수 있는 거겠지.

"이드리아 씨…… 이 사람들은? 혹시 이루다인인 건……."

우리보다 먼저 새집에 있던 엘프가 이드리아에게 귓속말했다. 그는 나와 루미레아에게 자못 미심쩍은 시선을 돌렸다. 반면 이드리아는 냉정하게 대답했다.

"그렇다. 이번 임무에 관련된 중요한 증인이야. 문제없어."

너무 덤덤하게 대답했기 때문일까. 상대는 더 이상 묻지 않았다. 그러나 이쪽을 향해 던지는 의아한 시선은 거두지 않았다.

그리고 그건 밖으로 나가도 변하지 않았다.

"……왠지, 다들 엄청나게 쳐다보네요."

본부까지 걸어가는 도중 여기저기서 시선이 느껴졌다. 그것도 구석구석 관찰하는 것 같은, 점착질의 시선이었다.

"마을에 외부인이 오는 건 좀처럼 보기 힘든 일이니까. 어느 정도는 어쩔 수 없어."

이드리아는 말하지 않았지만, 루미레아의 손발도 엘프들의 관심을 끌고 있는 이유 중 하나일 것이다. 그녀는 엘프의 기술과는 다른, 마장구로 만들어진 의수와 의족을 달고 있다. 아마 이단자 취급을 받을 것이다. 적어도 동족 추방에 관한 이야기를 들은 지금은 그렇게 생각하지 않을 수 없었다.

(루미레아 씨는 처음에는 이곳으로 돌아오고 싶어 했지만…… 역시 현 상황을 생각하면 집에 돌아가는 것보다는 함께——.)

아니, 지금은 생각하지 말자. 우선은 루미레아의 무죄를 증언해야만 한다.

게다가 모든 것이 잘 풀린다고 해도…… 그때 도대체 어떤 일이 일어날지, 그건 아직 미지수다.

예를 들면, 루미레아의——기억.

(기억은…… 돌아오는 게 좋을 거야. 기억은 그 사람의 인생이고, 그 사람을 그 사람답게 만드는 요소니까……. 그러니.)

루미레아로서의 기억이 돌아온다면 공방이 있는 마을보다는 역시 이곳에서의 생활을 원하게 될지도 모른다. 그 가능성은 제로가 아니다.

(그때는…… 아니, 그때도 결국 내가 할 수 있는 일은 루미레아 씨의 의지를 존중하는 것 정도야. 약사로서.)

그렇게 마음속으로 다시 한번 다짐하고 있을 때였다——.

"이드리아……!"

정면에서 여자 목소리가 들렸다. 깜짝 놀라 시선을 돌리니, 이쪽을 똑바로 바라보는 엘프가 있었다. 이드리아보다 더욱 루미레아를 닮은 여성이었다.

이마에 작은 수정 장식을 달고, 왼손 손등에는 원형을 중심으로 한 특징적인 문양이 새겨져 있었다. 이목구비를 살펴보니 외모와 연령은 거의 루미레아와 비슷해 보였지만, 입고 있는 드레스의 차분한 디자인 때문인지, 아니면 이드리아에 비해 훨씬 긴 귀 때문인지, 어쩐지 좀 더 어른스러운 분위기를 풍겼다.

그녀는 눈에 눈물을 글썽이며 「아아, 이럴 수가」라며 감격스러운 목소리를 냈다.

"마침내…… 마침내…… 찾았군요…… 루미레아!"

환희의 목소리를 올리며 달려온 그녀는 그대로 루미레아를 껴안았다. 강하고, 확실하게.

그 눈에 눈물이 흘러 넘쳤다.

그건 자매의 포옹이라기보다는 좀 더 깊은 애정이 느껴지는 것이었다.

"어머니……?"

루미레아가 중얼거렸다. 기억난 건가──그건 아닌 것 같다. 자기 몸에 흐르는 피와 똑같은 것을 느끼는 본능이며, 일종의 결박 같은 것일지도 모른다. 그렇기에 목소리에 당혹감이 묻어 있었다. 그러나 그 이상으로 자신을 맞이하고 안도시켜 준 그 존재를 기쁘게 느끼고 있다는 것 또한 전해져 왔다.

(……다행이다.)

그저 순수하게 그런 생각이 들었다. 이를 위해서만이라도 마을까지 온 보람이 있었다.

"어머니. 지금 언니는 기억을 잃었어요."

"기억을……?"

루미레아를 강하게 껴안고 있던 손이 작게 흔들렸다. 천천히, 아쉬움이 남는 듯 손을 놓은 그녀는 물끄러미 루미레아를 바라봤다. 루미레아와 같은 비취색의 큰 눈동자가 불안하게 흔들렸다.

"……죄송해요."

먼저 입을 연 건 루미레아였다. 그녀는 미안하다는 듯이 작게 고개를 숙였다.

"그렇…… 구나, 루미레아…… 아니, 사과하지 말렴. 그 정도로…… 힘든, 일을——."

그녀는 그렇게 말하며 루미레아의 손발로 시선을 돌렸다. 그 눈에서 다시 눈물이 흘러 넘쳤다.

"——저기, 루미레아 씨는……."

참지 못하고 입을 연 나는 그다음에 할 말을 고민했다. 이렇게나 딸을 걱정하고 있던 어머니다. 재회하자마자 소중한 딸이 어떤 끔찍한 일을 당했는지 듣게 되면 큰 충격을 받을 것이다. 그러나 그 손발을 얻기 위해 루미레아가 얼마나 많은 노력을 해왔는지 알아줬으면 하는 마음도 있었다. 그리고 그걸 전할 수 있는 사람은 나뿐이다.

"어머…… 미안해요, 당신은——."

루미레아의 어머니의 눈에서 눈물이 멎었다. 그녀는 나를 물끄러미 바라봤다——이드리아가 설명하기 위해 입을 열었지만, 갑자기 그때 어머니의 얼굴이 깜짝 놀란 표정으로 바뀌었다.

"설마…… 남편?! 루미레아, 멋진 분을 데려왔구나……."

"앗……."

"아, 아니에요! 저는——!"

얼굴이 새빨갛게 달아오른 나는 황급히 부정했다. 똑같이 얼굴이 붉어진 루미레아와 눈이 마주치는 바람에 얼굴이 점점 뜨거워졌다.

(뭘 동요하고 있는 거야, 정신 차려!)

쿵쿵, 시끄럽게 뛰는 심장을 손으로 눌러주고 싶은 기분을 느끼며 루미레아의 어머니를 향해 돌아섰다. 평온함을 되찾고 상냥하게 미소 지은 그녀는 얼굴을 붉히고 있는 자식을 바라봤다.

(……과연.)

역시 루미레아의 어머니다. 강인하며 상냥함이 흘러넘친다.

장소의 분위기가 바뀐 것을 느낀 나는 다시 자기소개를 하기로 했다.

"……저는 바깥 세계에서 루미레아 씨의 치료에 임하고 있던 약사입니다. 이번에는 루미레아 씨의 무고를 증명하기 위해 함께 찾아왔습니다."

"무고……."

이드리아로부터 임무에 대한 이야기를 들은 걸까? 그녀는 작은딸의 얼굴을 힐끗 보고는 다시 한번 루미레아를 바라보았다. 루미레아의 그 몸을.

"······감사합니다, 친절한 이루다인 약사님. 소중한 딸을 도와 주셨군요."

그렇게 고개를 숙이는 그 모습은 그야말로 루미레아의 어머니라 할 수 있었다.

"저는 루미레아의 엄마, 라드미아라고 합니다. 약사님께는 재차 감사의 말씀을 올리고 싶습니다만······ 이드리아. 조금만 시간을 줄 수는 없겠니?"

"어머니."

이드리아가 강한 어조로 대꾸했다. 초조하다기보다는 당황한 것 같았다.

"어머니의 마음은 이해합니다. 하지만 시간이······ 경무에 지장이 생길 거예요. 경병장이······."

"알고 있어······. 하지만 미안하구나. 어떻게든······ 잠시라도 좋으니까. 경무국에 가기 전에 전해주고 싶은 물건이 있단다."

라드미아는 작은딸에게 매달리듯 말했다. 무슨 일인지 알 수 없는 우리는 차마 참견하지 못했다. 이드리아는 난처해 보였다.

눈살을 찌푸리던 그녀는 잠시 후 깊은 한숨을 뱉었다.

"······알겠어요. 하지만 서두르세요."

"알겠어."

라드미아의 눈은 변함없이 상냥함과 강한 의지로 반짝였다.

라드미아의 집은 그리 멀지 않은 곳에 있었다. 거대한 나무의 일부를 이용한 집안은 바깥 세계의 건물과 다를 바 없었다.

"잠깐 기다리렴. 지금 당장…….."

집에 도착하자마자 라드미아는 바쁘게 뛰어다니기 시작했다. 이드리아는 팔짱을 끼고 힐끔힐끔 문을 바라봤다.

"……루미레아 씨. 여긴 루미레아 씨의 본가군요."

나는 옆에 선 루미레아에게 살며시 말을 걸었다. 멍하니 천장을 올려다보고 있던 그녀는「네」라고 대답하며 고개를 끄덕였다.

"여전히…… 기억은 나지 않지만. 어쩐지 그리운 느낌이 들어요…….."

그렇게 말하며 루미레아는 자신의 두 손바닥을 바라봤다. 아까 어머니와 포옹했던 그 손을.

이드리아는 그동안에도 안절부절못하고 있었다.

"그 정도로 부대 규율이 엄격한가요?"

말을 걸자, 이드리아는 잠깐 눈을 부릅떴다. 아무래도 깜짝 놀라게 해 버린 것 같다. 겸연쩍은 시선을 돌린 이드리아는 우물쭈물 입을 열었다.

"규율도…… 그렇지만, 경병장인 샤크나 님은 엄하신 분이야. 특히…… 다른 종족에 관한 일에는 더욱…….."

"그건…….."

역시 루미레아가 인도된 후의 일이 걱정되는 모양이다. 그런 불안을 느낄 때였다.

"──실례하지."

"?!"

선언과 함께 현관문이 바깥쪽에서부터 열렸다. 그쪽을 바라보자, 긴 머리를 느슨하게 묶고 이드리아의 망토와 같은 색 로브를 두른 남자가 몇 명의 병사를 데리고 안으로 들어서고 있었다.

"샤크나 님!"

이드리아가 황급히 남자를――샤크나를 돌아봤다.

"죄송합니다! 원래대로라면 그림을 데려다준 뒤, 바로 보고드렸어야 했는데…… 사죄드립니다!"

샤크나는 외치듯 변명하는 이드리아를 손으로 저지했다. 불손한 시선으로 방을 흘겨본 그는「냄새가 나는군」하고, 중얼거렸다.

"불쾌한 마나의 냄새다. 언니는 그렇다 쳐도…… 더러운 이루다인을 불러들이다니, 역시 부전(不戰) 세대답군."

나도 모르게 움찔, 하고 눈꺼풀이 반응했다. 이 남자는 아마 80년 전에 일어났다고 하는 대전을 말하고 있을 것이다. 종족 간 대립이 원인이 되었다는 그 전쟁. 그게 아니면 내가 참전한「혁명」을 말하는 걸까. 혁명 중에도 전사가 아닌 엘프는 이 마을에 있었을 테니, 밖에서 어떤 싸움이 벌어지고 있는지는 겪어보지 않았을 것이다.

지난「혁명」에서는――왕정을 펼친 이루다인을 제외한 타 종족과 엘프와의 동맹 결렬이 원인이 되어, 약한 민중들의 비원은 하룻밤 꿈으로 끝났다. 이루다인에게 억압받는 마족이자, 혁명군의 우두머리였던 나의 은인도 약속한 엘프 원군이 오지 않은 탓에 전쟁 중 사망하고 말았다.

혁명이 가장 격화되던 무렵, 엘프는 비전투원까지 끌어들여 이루다인 마을에 화공을 가하기까지 했다고 들었다. 대전 후 이루다인을 「더럽혀진 존재」로서 간주하고, 해충을 구제하듯 취급한——이런 과격한 엘프의 행위에 안 그래도 화합이 잘되지 않던 타 종족들이 반발했던 거겠지. 물론 현재까지 이어지는, 이 루다인에 의한 엘프 박해 행위를 생각하면 양쪽 모두 구역질이 나오는 건 마찬가지였다.

이 남자는 아마 그 두 싸움을——둘 다 전사로서 경험했을 것이다. 그런 기백이 느껴졌다.

"샤크나 님⋯⋯."

"들어라. 이드리아 경장 보좌."

우리의 모습을 본 샤크나의 얼굴은 모멸과 적의에 젖어 있었다.

(이건⋯⋯ 루미레아 씨를 혼자 보내지 않아서 다행이야.)

옆에 선 루미레아를 손으로 감싸듯 막아선 나는 언제든지 움직일 수 있도록 몸의 중심만을 천천히 이동시켰다.

샤크나의 손가락에 마법의 불꽃이 켜졌다.

"더럽혀진 몸이 되어 비술 누설의 죄를 추궁당하는 루미레아 셰라 아스프룸. 그리고 비술을 팔아넘긴 것도 모자라 심지어는 오만하게 이 마을에 발을 들인 더러운 이루다인. ——이자들은 사형에 처해야 한다."

작은 불꽃이지만 거기서 느껴지는 마나는 절대적이었다. 게다가 남자의 등 뒤에서 부하들이 이쪽으로 활을 겨누고 있었다.

"⋯⋯앗 ⋯⋯네? 사형⋯⋯?"

멍하니 중얼거린 것은 이드리아였다. 그토록 샤크나를 경외하고 있다고는 해도, 사형이 선고될 거라고는 예상하지 못했던 모양이다.

"저기…… 그렇게까지는……."

"정보 누설 보고를 받았을 때부터 정해져 있던 일이다."

"하지만…… 이 약사분은 그것에 관해 증언을……."

"더러운 이루다인의 이야기를 들어본들 무엇 하나 달라지지 않는다."

거침없는 대답에 이드리아가 말문을 닫았다. 뒤를 돌아보자, 이야기를 듣고 있던 듯한 라드미아가 쓰러지고 있었다.

"어머니……!"

루미레아가 달려가려 했지만, 부하들이 곧바로 화살을 팽팽히 겨눴다.

"큭——."

허리에 찬 칼자루에 손을 얹었다. 여차하면 미리 **손을 써둔** 약을 사용해도 된다. 이 인원수를 상대로 어떻게 싸워야 할지, 머리로 이미 시뮬레이션을 돌리고 있었다.

하지만 「멈춰라」 하고, 샤크나가 말을 걸었다.

"움직이면 이 자리에서 쏘겠다. 그래도 상관없나?"

그건 나에게 건넨 말이었다. 부전 세대——그런 말이 정말로 있다면, 나와 눈앞의 샤크나라는 남자는 혁명 세대다. 상대도 그것을 느끼고 있을 것이다.

(그때는…… 전투원(나)뿐만이 아니라 루미레아 씨도 쏠 생각인가.)

이루다인과 추방 예정인 죄인. 우리의 목숨은 그에게 있어서 날벌레와 다름없을 정도로 가벼운 걸까. 몇 초 망설이던 나는 살며시 두 손을 들었다. 승기가 없진 않았다. 그러나 도망치기에는 리스크가 너무나도 컸다.

"……투항하겠다."

순간, 누군가 등 뒤에서 뒤통수를 쳤다. 직전에 예감한 덕분에 기절은 면했지만, 그 자리에 쓰러지고 말았다. 날카로운 금속이 목 뒤를 때린 감촉이 있었다.

"약장수 씨!"

루미레아가 비명을 질렀다. 샤크나는 이를 전혀 개의치 않고 숨을 삼키던 이드리아에게 말했다.

"이 두 사람을 본부로 연행해, 감옥에 집어넣어라."

"……알겠습니다."

쓰러진 자리에서 이드리아의 얼굴은 보이지 않았지만, 목소리가 떨리고 있다는 것은 알 수 있었다. 부전 세대——확실히 그럴지도 모른다며, 아픈 머리로 멍하니 생각했다.

***

경무국 본부 지하에 만들어진 감옥은 조용했다.

마을에 도착한 지 얼마 되지 않았을 때 이드리아가 말했던 대로, 외부와 오랫동안 격리된 이 마을은 이번처럼 『외부인』이 침입, 포박된 일이 흔치 않다고 한다. 우리 말고 다른 사람의 모습은 보이지 않았으며, 감시자도 계단을 올라가는 곳에만 있었다.

귀를 기울이고 있자니, 거대 수목의 지하 줄기가 물을 빨아들이는 소리가 들려오는 듯했다. 그리고 때때로 근처 감옥에서 루미레아가 몸을 조금씩 움직이는 소리도.

"……약장수 씨."

순간, 루미레아에 대해 생각하고 있던 탓에 그 목소리가 망상처럼 느껴진 나머지, 반응이 조금 늦어지고 말았다. 「네」라고 황급히 대답했다.

"무슨 일 있나요?"

루미레아의 모습은 보이지 않았다. 여기까지 연행해, 자물쇠를 잠근 이드리아의 온정일까——바로 옆이나 그 옆 방 정도에 있는 것 같았는데, 덕분에 대화를 나누는 데 문제가 없었다. 그러나 요 며칠 생각에 잠겨있는 모양인지, 서로 조용히 입을 다물고 있는 시간이 더 많았다.

"……일이 이렇게 되어 버려서…… 생각해 봤는데요…… 역시 약장수 씨만이라도 여기서 나갈 수는 없을까요?"

루미레아의 목소리가 들렸다. 어떤 표정을 짓고 있을지, 문득 상상해 봤다. 눈이 보이지 않는 동안, 루미레아도 지금의 나와 같은 기분이었을지도 모른다.

"가창석의 책임은 저에게 있습니다. 차라리 저는 루미레아 씨가 도망갔으면 좋겠어요."

그건 본심이었지만, 며칠 갇혀 있는 동안 이 감옥이 얼마나 견고한지 충분히 이해할 수 있었다. 단순히 튼튼할 뿐만 아니라, 엘프의 월등한 마나를 이용한 구조로 만들어져 있었다. 내 마력양으로는 맞설 수 없을 거고, 기억이 없는 루미레아 또한 어려울 것이다.

"……어느 쪽이든, 지금은 소식을 기다릴 수밖에 없어요. 그 타이밍에 밖에 나갈 수 있을지도 모르고, 게다가──약속하지 않았던가요? 저는 약사로서 당신을 버릴 수 없습니다. 함께 있을 거예요."

"약장수 씨……."

그 대화를 마지막으로 루미레아는 또 입을 다물고 말았다. 혹시 울고 있는 걸까.

(얼굴을 보고 싶어…….)

그런 생각을 하는 자신에게 놀라는 동시에, 어이가 없어 웃음이 나왔다.

(나는 어쩌면…… 치료를 핑계로 이 사람과 같이 있고 싶을 뿐인지도 몰라.)

이 얼마나 비열한 짓인가. 약사라는 자가 환자인 그녀에게 그런 마음을 품다니. 만약 그게 착각이 아닌 진실이라면…… 나는 그녀를 떠나야 한다. 본래라면.

(하지만 지금은 안 돼. 루미레아 씨를 혼자 둘 수는 없어.)

여기 올 때 다짐한 맹세는 똑똑히 기억하고 있다.

(만일의 사태가 발생하더라도 루미레아 씨만은…… 반드시 구해줄 거야.)

──눈치챈 건 그때였다. 정적 속에서 분주한 발소리가 들려왔다. 게다가 가까워지고 있다.

(식사 시간……? 아니, 발소리가 평소랑 달라. 이건.)

"언니!"

급하게 달려온 것은 이드리아였다. 경장 보좌인 그녀가 직접 찾아온 걸 보면 드디어 어떤 움직임이 생겼을지도 모른다── 아니, 그렇다기에는 이드리아의 모습이 이상했다. 초조한 표정으로 흘끔흘끔 자신이 온 방향을 신경 쓰고 있다.

"이드리아 씨……? 무슨 일인가요?"

"언니, 도망쳐."

루미레아의 말에 대답하며, 이드리아는 며칠 전 자신이 직접 잠근 자물쇠를 풀어버렸다. 루미레아의 감옥과 나의 감옥을. 그건 순식간에 벌어진 일이었다.

"혹시…… 지금 당장 형을 집행하라고 했나요?"

그녀가 이런 짓을 벌이는 데 다른 이유가 있다고 생각하긴 어려웠다. 그러나 돌아온 건 「아니야」라는, 시원시원한 대답이었다.

"샤크나 님은 한동안 이쪽에 손을 대지 못해. 도망칠 기회는 지금뿐이야."

"하지만…… 이드리아 씨. 이런 짓을 저질렀다가는 당신이……."

루미레아가 쭈뼛쭈뼛 말했다. 며칠 만에 보는 그녀는 생각보다 수척하지 않았다. 그 모습을 보고 나도 모르게 안심했다.

"아니…… 지금 그럴 때가 아니야."

"그럴 때가 아니라뇨……?"

나와 루미레아가 얼굴을 마주했다. 이드리아는 답답한 듯 「어쨌든 이쪽으로 와」라며 우리를 재촉했다.

우리는 그대로 계단을 향해 달려가기 시작했다. 며칠 전, 감옥에 들어올 때 봤던 감시자들의 모습이 보이지 않았다.

(도대체 무슨 일이 벌어진 거지.)

의심할 겨를도 없이 위에서 큰 폭발음이 들려왔다. 아무래도 감옥이 있는 지하는 외부와 차단하기 위해 일부러 소리가 닿지 않는 구조로 만든 모양이다.

"……습격을 받고 있어."

"습격?!"

또 한 번 큰 소리가 들리며 건물 전체가 진동했다.

"습격이라니…… 경무국의 본부가 말입니까……?"

루미레아가 묻자, 이드리아는 「아니야」라고 중얼거렸다. 그 목소리가 떨리는 것을 알아차린 나는 그제야 깨달을 수 있었다.

"마을 전체가——외부에서 침입해 온 녀석들에게 습격당하고 있어."

(엘프 마을에…… 침입자가?!)

엘프끼리의 작은 싸움이 아닌, 외부인에 의한 침략 행위라는 건가.

오랫동안 다른 종족에게 그 장소조차 알려지지 않았던 엘프의 마을. 그것이 침입자에 의해 습격을 받고 있다.

(……**타이밍이 잘 맞아도 너무 잘 맞아.**)

보기 드문 외부로부터의 「방문객」으로서 나와 루미레아가 이곳에 온 것이 불과 며칠 전의 일이다. 아무리 그래도 그런 뜻밖의 사건이 겹치다니.

(혹시…… 미행당하고 있던 건가.)

생각해 보면 이드리아와 만나기 직전부터 위화감이 있었다. 도착하지 않은 보따리상으로부터의 연락. 혹시 가창석의 소문을 들은 누군가가 이를 취급하던 보따리상에게 위협을 가해, 공방에 다다른 건가——이드리아와 함께 마을을 떠나는 우리를 따라왔을 수도 있다.

"이드리아——."

이드리아에게 방금 떠오른 추측을 말하려 했지만——그만두었다. 새파랗게 질린 그녀를 이 이상 몰아붙여봤자 소용이 없다. 계단 위를 올라가니, 탄내가 나기 시작했다. 아마도 마을을 불태우고 있을 것이다. 그 속에 섞여서 철이 녹슨 냄새를 닮은 강렬한 냄새가 느껴졌다.

(이건…… 피 냄새야!)

황급히 위까지 달려갔다——그곳에서 발견한 건 쓰러져 있는 여성의 모습이었다. 이곳으로 연행되었을 때 우리에게 화살을 겨누던 샤크나의 부하 중 한 사람이다.

"괜찮으신가요?"

가장 먼저 달려간 것은 루미레아였다. 그녀가 옆에 무릎을 꿇은 순간, 철픽, 하고 기분 나쁜 소리가 들렸다.

"……! 부상이 심해……."

여군의 가슴은 마구 찢어져 있었다. 바닥에 고여 있던 많은 양의 피가 루미레아를 붉게 물들였다.

나도 마찬가지로 그녀 옆에 앉아, 살짝 맥을 짚었다. 눈을 커다랗게 뜨고 바라보는 루미레아에게 고개를 절레절레 저었다.

"……안타깝지만…….."

"……윽."

이드리아가 근처에 떨어져 있던 활을 주웠다. 분명 여군의 활일 것이다. 발에 차인 건지, 흙이 달라붙어 있었다.

"어째서…… 이런…….."

활을 꽉 껴안는 이드리아를 본 나는 한 가지 사실을 눈치챘다. 분명 쓰러진 여성과 이드리아는 친밀한 사이였을 것이다. 같은 곳에 소속되어 일하고 있었으니, 충분히 가능성이 있었다.

"……이드리아 씨."

훌쩍 자리에서 일어선 루미레아는 이드리아를 안았다.

"이드리아 씨. 함께…… 구해요. 다른 사람들을. 저는…… 대단한 일은 할 수 없을지도 모르지만. 그래도…….."

"하지만…… 그럼 언니가…….."

"그렇다고 해서 이런 일을 가만히 보기만 할 순 없어요!"

루미레아의 어깨 또한 떨리고 있었다. 단호하게 말하는 루미레아의 눈은 강하게 빛났다.

"……윽."

이드리아가 이쪽으로 시선을 보냈다. 곤란한 듯한, 울 것 같은 표정에 「죄송합니다」라고 사과했다. 부탁을 받아도 나는 루미레아를 설득하지 못할 것이다.

"함께하겠습니다. 약사로서 눈앞에 상처 입은 사람을 내버려둘 순 없으니까요."

"약장수 씨……! 고마, 워요."

루미레아가 그렇게 고개를 숙였을 때였다. 안쪽에서 엘프 남자 한 명이 다가왔다. 역시 다리에 깊은 상처를 입고 있었다.

"이드리아……!"

남자의 외침에, 「괜찮은 거야?」하고 이드리아가 달려갔다. 부축하는 이드리아에게 남자는 「나는 됐어」라며 소리쳤다.

창에 찔린 부상이었으며, 그럭저럭 굵은 혈관은 벗어난 것 같았지만 출혈이 심했다. 나는 내 옷을 찢어 상처에 대고 꾸욱, 눌렀다. 남자가 「컥!」하고 비명을 질렀다.

"이대로 누르고 있어 주세요. 출혈을 막아야 합니다."

"아…… 알겠어. 하지만 부탁해……. 침입자들이, 저쪽에── 샤크나 님이…… 지키고……!"

"──알겠어요."

앙금이 있는 상대라고는 해도, 위기라는 말을 들은 이상 그냥 둘 수는 없다. 루미레아를 바라보자, 그녀가 고개를 끄덕였다. 분명 같은 마음일 것이다.

"이드리아 씨, 안내를 부탁드려요."

"……응."

조금 전 주운 동료의 활을 손에 든 이드리아는 고개를 깊이 끄덕였다.

소란이 벌어지고 있던 장소는 그리 멀지 않았다. 비명과 격렬한 전투음. 그리고 울음소리──.

(울음소리……? 이건…….)

달려 나갔지만 이미 결판이 나 있었다. 며칠 전에 본 샤크나가 바닥에 엎드려 있었으며, 몸집이 큰 이루다인이 그의 얼굴을 마구 짓밟았다.

"어떠냐! 더럽혀진 존재에게 벌레처럼 밟히는 기분은!"

배틀액스를 멘 남자는 크하하, 하고 웃으며 점점 다리에 힘을 주었다. 뿌득, 하고 기분 나쁜 소리가 울렸다.

"으아아아악!"

광대뼈가 부러졌을지도 모른다──즉시 도와줘야겠다고 생각했지만 발을 내딛기 직전, 어린 엘프의 목에 팔을 두르고 있는 질 나쁜 인간의 모습이 눈에 들어왔다.

"샤크나 니이임!"

어린아이가 울부짖으며 손을 뻗자, 「시끄러워」라며 아이를 붙잡고 있던 남자가 머리를 때렸다.

──뜨거운 감정이 배에서부터 끓어오르고 온몸의 털이 곤두선다. 머리끝까지 뜨겁다.

『샤크나 님이………… 지키고……!』

샤크나가 **아이를** 지키고 있다.

남자는 그 말을 전하고 싶었던 거라는 걸 새삼스레 깨달았다.

(침입하고 이곳으로 향하는 동안 인질을 잡은 건가……!)

구토가 나온다. 며칠 전, 샤크나에게선 강인한 마나가 느껴졌다. 그런 그가 이렇게 쉽게 당한 건 놈들이 인질을 좋을 대로 이용했기 때문일 것이다. 맞은 아이는 축 늘어져 있었다.

(어떻게든 도와줘야 해…….)

샤크나도 중요하지만 우선은 아이들이다. 조금이라도 틈을 만들 수 있다면——그런 생각을 했을 때, 옆에서 떨고 있던 루미레아가 달려 나갔다.

"그만해요……. 그 아이를 놔줘요!"

(루미레아 씨?!)

분명 공포에 떨고 있을 거라 생각했다——아니, 내 멋대로 그렇게 생각했을 뿐인가. 루미레아 정도의 상냥함과 강인함을 지닌 사람이 이 상황에서 아이를 그냥 보고만 있을 리가 없다.

"뭐야, 귀가 긴 여자인가……? 그건 그렇고 끔찍한 몸이군!"

몸집이 큰 남자가 비웃었다. 벗겨진 머리를 쓰다듬고, 즐거운 듯 발밑에 힘을 주면서.

"본판은 나쁘지 않은 것 같은데…… 뭐냐, 그 손발은. 적어도 양쪽 눈이라도 제대로 붙어 있었다면 목 위부터만이라도 장식품으로 상품 가치가 있었을 텐데. 해체해서 부품으로 팔까……그게 아니면——."

루미레아의 몸이 움찔했다. 당연하다. 저런 추악한 말을 들었으니까——루미레아를 품평하는 그 남자의 눈이야말로 내가 도려내고 싶었지만, 필사적으로 그 충동을 억제했다.

"그만…… 둬."

나 대신 그렇게 중얼거린 건 덩치가 큰 남자의 발밑에 깔린 샤크나였다. 목소리는 나약하지만 눈동자는 자부심을 잃지 않았다. 도도하기 그지없는 엘프 그 자체인 그는 쉰 목소리를 짜냈다.

"아이에게…… 손대지 마……."

"호오오오오오?"

순간, 남자가 즐거운 듯이 목소리를 높였다. 하지만 그 눈에는 핏발이 섰으며 입가는 일그러졌다.

"아이에게 손대지 말라고? 네 말이 맞다. 그게 사람의 도리라는 거지……. 안 그래?!"

남자가 쿵, 하고 샤크나의 얼굴을 밟았다. 샤크나는 한층 더 큰 비명을 질렀다. 깔깔거리며 웃은 남자는 머리——큰 화상 자국이 남아 있는 부분을 툭, 쳤다.

"정말이지. 우리 마을을 불태운 녀석들에게도 그 말을 들려주고 싶군. 집도 친구도 가족도 나 자신도 전부 태워 버린 귀가 긴 놈들에게 말이야!"

남자는 숨을 거칠게 몰아쉬며 몇 번이고 샤크나를 짓밟고, 차고, 다시 짓밟고, 발꿈치를 세게 눌렀다.

"그…… 만둬!"

고함과 함께 이드리아가 화살을 쐈다. 화살은 덩치가 큰 남자의 귀 끝을 얕게 찢으며 벽에 박혔다.

"……뭐냐? 건방진 짓을 하다니. 이 빌어먹을 돼지 자식!"

격앙된 목소리와 함께 남자가 이드리아에게 도끼를 던졌다. 이드리아는 회전하면서 날아오는 도끼를 직전에서 피하기는 했지만, 그로 인해 망토가 도끼와 함께 땅에 꽂혀 버렸다.

"하여간…… 네놈들은 우리에게 있어서 상품에 불과하단 말이다……. 상품 주제에 인간한테 대들지 마!"

그대로 움직일 수 없게 된 샤크나 위에서 내려온 남자는 이드리아에게 다가갔다. 망토를 벗은 이드리아는 다시 한번 활을 쏘려 했지만, 남자는 그보다 빨리 이드리아의 팔을 붙잡았다.

"이, 이거 놔! 더러운 이루다인——!"

"닥쳐. 더러운 건 어느 쪽이지? 망할 돼지 자식. 잘 들어라. 이제부터 우리한테 팔리게 될 네놈들은 여태껏 네놈들이 그토록 깔보던 인간들을 **섬기게** 될 거다. 뭐…… 그래. 너라면 그럭저럭 좋은 가격에——."

"그…… 만둬! 이드리아 씨에게서 손을……."

굳어 있던 루미레아가 황급히 말을 걸자, 덩치 큰 남자는 혀를 차며 뒤를 돌아봤다. 그리고는 「아앙?」 하고 얼굴을 찡그렸다.

"너의 그 얼굴…… 어쩐지 낯익군. 특히나 그 반항적인 눈…… 이봐, 설마……."

"앗."

남자는 이드리아를 놓아준 뒤, 방향을 틀어 루미레아의 팔을 잡았다. 그는 「히익」 하고 비명을 지르는 그녀를 무시하고, 머리채를 움켜쥐었다.

상처투성이 귀! 역시——팔려 간 상품이 왜 이런 곳에 있는 거냐, 아앙?"

"흐…… 윽……."

정면에서 덩치 큰 남자의 분노를 마주한 루미레아가 몸을 덜

덜 떨기 시작했다. 그 눈은 공포로 인해 깜빡이는 것조차 잊어
버렸다.

"으…… 아…… 아아아악!"

"언니!"

이드리아가 달려왔지만, 남자는 이를 걷어찼다.

"커헉……."

"시끄러워! ——이상하군. 네놈은 더 이상 쓸 곳이 없어져서
진작 폐기했다고, **그 변태**한테서 들었는데 말이지. 그런데 어째
서 이런 흉터투성이가 된 채로 걷고, 말하는 거지? 무슨 짓을
한 거야!"

루미레아는 남자의 말을 듣지 않고 계속해서 비명을 질렀다.
모든 것을 거부하기 위해, 아무것도 듣지 않기 위해, 생각하지
않기 위해——.

"즉…… 당신이 루미레아 씨를 납치한 장본인이란 건가?"

"앙? 누구냐. 아까부터 시끄럽게 참견하는 엘프는——잠깐.
이거 놀랍군. 인간인가?"

나는 방금 구출해 낸 엘프 아이를 때마침 일어난 이드리아에
게 맡겼다.

"늦어서 죄송합니다. 이제야 틈이 생겨서……."

"고…… 고마, 워……."

이드리아가 곤혹스러운 얼굴로 아이를 안았다. 아이는 정신을
잃고 있었지만, 큰 상처는 없는 모양이었다. **상품**의 가치를 훼
손하지 않기 위해 일부러 그런 거겠지. 이 아이를 붙잡고 있던

남자는 이미 바닥에 엎드려 있었다.

"뭐야, 이 자식. 쓸데없는 짓을 하다니. 인간인 주제에 귀가 긴 놈들 편을 들 생각이냐?"

"……그녀한테서 손 떼."

몸을 부들부들 떨며 덩치 큰 남자를 바라보는 루미레아는 「아아아……」 하고 언어가 되지 못한 목소리만을 흘렸다. 마치——처음 만났을 때처럼.

"뭐라고? 안 들리는데."

남자는 히죽히죽 웃으며 그런 그녀를 끌어당기고 한 팔로 안았다. 루미레아는 더욱 큰 비명을 질렀다.

그곳으로 한 발짝 다가갔다. 동시에 입안에 숨겨둔 약을 와작, 깨물었다. 평소보다 강하게 배합된 강화제가 심박을 강화했다. 아드레날린이 분비되며 시야가 넓어지고, 무의식적으로 아껴두었던 근력의 제한이 풀린다.

"——후!"

숨결과 함께 한 걸음 내디뎠다. 땅을 세게 찬 나는 남자의 위까지 뛰어올랐다. 뒤집히는 시야——뛰어넘으며 루미레아를 안은 남자의 어깨를 툭, 건드렸다.

"컥?!"

덩치 큰 남자가 비명을 질렀다. 나는 놈의 어깨에 강한 전기를 순간적으로 흘려보낸 것과 동일한 **진동**을 가했다. 그로 인해 남자의 어깨에 연결된 팔까지 제멋대로 움직였다. 측면에 착지한 나는 그 틈에 남자의 옆구리를 발로 걷어차, 루미레아의 몸을 내 쪽으로 끌어당겼다. 급소인 겨드랑이에 발차기와 동시에 강한 진동 공격을 받은 남자는 그 자리에서 쓰러졌다.

"──그녀에게 손가락 하나 건드리지 말라고 했을 텐데, 이 쓰레기 자식."

만약을 위해 남자로부터 거리를 두고 루미레아의 모습을 관찰했다. 공포로 가득 찬 그 눈은 정면에 있는 내가 아닌, 과거의 트라우마만을 바라봤다.

"루미레아 씨…… 루미레아 씨, 괜찮아요."

"아…… 아아아…… 싫어, 싫어…… 나, 이런 건…… 거짓말……."

"──괜찮아요, **리즈레 씨**."

애처로운 모습의 그녀를 꼭 끌어안았다. 그녀를 여전히 묶어 두려는 과거의 악몽을 전부 없애고 싶었다.

"내가 당신을 지킬게요. 더 이상 무서울 건 없어요. 정말이에요. 그리고──함께 돌아갑시다."

갑자기 그녀의 몸에서 긴장이 풀리고 눈의 초점이 돌아왔다. 한쪽밖에 없는 비취색 눈의 반짝임을 본 나는 미소를 머금었다.

"약장수…… 씨."

그렇게 중얼거린 뒤, 루미레아는 그대로 의식을 잃었다. 「언니!」라고 외치며 아이를 안은 이드리아가 달려왔다.

"언니, 정말…… 얼마나 괴로운 일을 당했으면……."

루미레아와 많이 닮은 그 두 눈에 그렁그렁 눈물이 맺혔다. 붙잡힌 언니를 구하기 위해 경병단의 일을 해내고, 외부와의 왕래가 허용되는 입장까지 올라간 그녀가 지금 루미레아의 모습을 분하게 여기는 것은 당연하다.

그리고——나도.

"루미레아 씨를…… 부탁드립니다."

"엇……."

고개를 든 이드리아는 이내 화들짝 놀란 표정으로 고개를 끄덕였다. 어린아이와 쓰러진 언니를 안은 그녀는 가장자리 쪽으로 이동했다.

"아프잖아……. 무슨 짓을 한 거냐, 이 자식."

분노를 품은 목소리와 함께 덩치 큰 남자가 천천히 일어섰다. 그 정도의 대미지를 입고도 일어서는 모습에, 몸이 저절로 전투 태세를 취했다.

"내 복수를 방해하다니……. 이 녀석이고 저 녀석이고…… 까불지 마, 쓰레기들아!"

옆에 꽂혀 있던 도끼를 뽑아 든 남자가 보기보다 재빠른 움직임으로 다가왔다. 나도 나이프를 빼 들었지만, 도끼가 더 사정거리가 길었다. 한걸음 뒤로 물러서자마자 무거운 도끼날이 스쳤다.

(——지금이다!)

망설임이 용납될 상대가 아니다. 무게중심을 앞으로 옮기고 목을 겨누며 나이프를 내밀었다——그랬을 터였다. 하지만 예상보다 빨리 되돌아온 도끼의 측면이 그 나이프 끝을 튕겼다. 팔꿈치에 강한 충격이 느껴졌다.

"큭……."

"쓰레기 자식――빨리 뒈져 버려!"

그렇게 말하며 남자가 히죽, 웃었다. 전투를 즐기는 비열한 웃음이다.

"각오해라!"

남자가 도끼를 크게 휘둘렀다――어마어마한 위력이 예상보다 도끼의 속도를 빠르게 만들었다.

"……윽."

한 발짝 뛰어오르며 물러선 바닥을 휘두른 도끼가 내리쳤다. 튀어오른 파편 때문에 감기지 않도록 눈을 부릅뜨고 남자와의 거리를 확인했다.

역시 가까이 다가가야만 한다――그러나 정면에서 싸워도, 사정거리 안에 들어간 시점에서 도끼날이 덮쳐올 것이다. 어떻게든 타이밍을 재야만 하는데…….

"이봐."

히죽 웃으며 남자가 말을 걸었다. 나는 대답하지 않았지만, 남자는 웃음을 잃지 않은 채 말을 이었다.

"네놈도 나랑 동류잖아."

"……나에게 다른 종족을 물건으로 취급하는 악취미는 없다."

"그게 아니야. 그쪽이 아니다."

남자는 이번에 목소리를 높이고 깔깔거리며 웃었다. 그는 의미를 모르고 눈살을 찌푸리는 나에게――지금까지 보인 웃음 중에 가장 깊은 미소를 지어왔다.

"너는 나처럼…… 살인자다."

"──윽."

까앙, 하고 나이프 끝과 도끼의 측면이 부딪히는 소리가 울렸다.

"오─오─오─, 거 봐. 망설이지 않고 목 근처를 노리고 있잖아. 사람을 죽이는 데 아무런 망설임도 없어."

무서운데, 라며 남자가 입을 삐죽거렸다. 나는 대답하지 않고 그대로 남자의 팔과 배를 향해 칼날을 돌려주었다. 남자는 그때마다 솜씨 좋게 도끼를 휘둘러 급소를 지켰다. 날카로운 금속음이 울려 퍼졌다.

"……확실히 나는 살인자야."

"그렇지? 내가 말한 대로다."

"그래…… 이 손으로 몇 명이나 죽여 왔다."

나이프를 쥔 손에 힘을 주었다. 아르마를 걸어둔 덕분에 칼날은 무사했지만 몇 번이고 공격을 가하고, 그때마다 막히는 바람에 손바닥과 손목과 팔이 욱신욱신 저려왔다. 하지만 지금 이 손에서 나이프를 뗄 수는 없다.

"뭐야, 자랑하는 거냐?"

"아니──회한이다."

자박, 하고 발치에서 소리가 들렸다. 바닥에는 진흙과 자갈, 건물 파편이 널려 있었다. 짓밟히고 더럽혀지고 부서진. ──그럼에도. 아직 그 밑거름이 되는 거대한 나무는 살아 있다.

"나는 과거를 버려야 한다고 생각했다. 하지만 과거를 버리는 일 같은 건──불가능해. 내가 한 일은 언제까지고 남아 있다.

저지른 죄까지 없던 일로 만들 수는 없어."

그러니까 적어도 과거에 얻은 힘을 사용해서 사람을 돕기로 했다. 그것이 그나마 내가 할 수 있는 속죄였다. 그렇게 믿는 것 외에는 살아갈 길이 없었다.

"나는 너랑 같다고…… 그렇게 말했지."

"아앙?"

행복해져선 안 된다고 생각했다. 나에겐 그럴 자격이 없다고.

하지만.

아주 살짝, 또다시 남자와의 거리를 좁혔다.

"나는 너처럼 사람을 죽이면서 즐거웠던 적은 한 번도 없어."

"──하! 의미를 모르겠군."

덩치가 큰 남자가 사타구니를 노리고 발차기를 날렸다. 그는 나를 쳐다보지도 않았다──지극히 실전 기술적인 공격 방법이다. 앞으로 내민 발을 어떻게든 막으며 나는 그대로 쭉, 안쪽으로 발을 디뎠다.

(지금이다!)

그렇다. 망설임은 없다.

죽이는 게 아니다.

그녀의 미소를 지키기 위해 이 힘을 휘두르는 것.

그것을 위해서라면 망설임 따위는.

"아닛?!"

남자가 소리를 질렀다.

저리는 손──그 손을 꽉 움켜쥐고, 나이프를 상대 겨드랑이에 꽂았다.

"……윽."

남자가 그 자리에 무릎을 꿇었다. 옆구리를 눌러 웅크린 자세로 창백해진 얼굴을 돌렸다.

"……움직이지 마. 움직이면 불필요한 피를 흘리게 될 거다. ……죽고 싶지 않으면 움직이지 마."

내 말에 덩치 큰 남자는 「헤헷」 하고 웃었다.

"그렇…… 군. 죽고 싶진…… 않아."

남자의 눈은 이제 초점이 맞지 않는 것 같았다. 조금 있으면 의식을 잃을 것으로 추측할 수 있었다. 그렇게 되면 구속한 후에 치료해 주면 된다——살리는 건 내키지 않았지만, 이런 감정 그대로 상대를 죽이는 것이 옳다고도 생각할 수 없었다. 그건 단순한 사적제재이며, 이 덩치 큰 남자가 저질러 온 극악무도한 짓과 다르지 않다.

이곳은 엘프 마을이고, 피해를 본 자는 루미레아를 비롯한 엘프들이다. 그렇다면 엘프의 방식대로 처벌하도록 맡기는 게 가장 좋을 것이다.

"헤…… 헤헤…… 젠장……."

남자는 웃으면서 한 손을 들었다. 빈손이다——투항의 의미일까, 하고 그것을 바라봤다. 남자는 입꼬리를 씰룩거리며 말을 이었다.

"정말…… 쓰레기 같다니까……. 이 녀석들은 내 마을을 불태웠다……. 내 여동생이 어떻게 죽은 지 아나? 마음에 드는 봉제 인형을 주워 들고······ 살려줘, 살려줘, 오빠······ 그렇게 죽어갔다······. 그래서 나는.”

그 순간 눈치챘다. 들어 올린 남자의 팔에 마나가 응축되어 가고 있다.

(이 녀석——아르마를 사용할 수 있는 건가?!)

지금까지의 육탄전으로 완전히 잘못 생각하고 있었다. 이 남자는 자기 손으로 엘프를 고통스럽게 한다는 것에 집착하고 있었을 뿐, 마법을 쓰지 못하는 것은 아니었다.

마나의 급격한 유동에, 남자의 겨드랑이에서 피가 뿜어져 나왔다. 덩치 큰 남자는 그걸 바라보며 「핫!」 하고 웃었다.

“내가 이대로 가만히 죽을 줄 알았던 거냐, 돼지 자식들아!”

남자가 소리쳤다——안쪽에 피난해 있던 루미레아 일행들을 향해. 검게 빛나는 마력구를 던지며.

“그만둬!”

나이프를 한 번 더 찔러봤자 제시간에 맞출 수 없다. 방출된 마력구는 표적을 향해 날아가, 루미레아 일행을 휘감을 것이다.

——맹세하지 않았던가. 목숨을 바쳐서라도 구하겠다고.

“······윳.”

늦지 않길 기원하며 뛰어들었다. 약의 효과는 이미 사라졌다. 혹사당해 피폐해진 근육에게 그래도 움직이라고 질타했다. 이쪽을 알아차린 이드리아가 멍한 표정을 지었다. 지금부터 마법을 막는 것은 늦었다고 판단했을 것이다——정신을 잃은 두 사람을 감싸듯 껴안았다. 그로 인해 깨어난 건지, 루미레아가 희미하게 눈을 뜨는 모습이 보였다. 마치 곤히 잠든 날의 아침처럼.

아아——그러고 보니, 그녀가 눈을 뜰 때 자리에 있던 적이 없는 것 같다. 잠에 들 때도, 자고 있을 때도 가까이에 있었지만, 아침에 눈을 뜨면 그녀가 항상 먼저 일어나 있었다. 내가 일찍 일어나고 싶어도 그녀의 온기에 응석을 부리고 말았는지도 모른다.

루미레아 씨. ……리즈레 씨.

당신은 제가 지킵니다. 반드시 지킬 거예요. 하지만 미안해요.

함께 돌아가지 못할지도 몰라요.

***

무서운 꿈을 꾼 것 같다. 하지만 행복한 꿈도 많이 꿨다.

눈을 뜬 루미레아가 가장 먼저 발견한 것은 약장수의 모습이었다. 그 얼굴은 미소 짓고 있었다. 리즈레가 잘 아는 약장수의 모습이었다. 눈이 보이지 않는 동안에도 떠올리던 미소.

그 얼굴은 곧바로 뒤돌아봤고, 그녀는 등밖에 볼 수 없었다. 그 등도 잘 알고 있다. 리즈레를 업고 걸어준 등이다. 크고 듬직하며 안심할 수 있는 그 등. 리즈레가 업히면 뒤통수에 살짝 묶은 머리가 목덜미에 닿아 아주 조금 간지러웠다.

그 약장수 씨의 몸이 훌쩍 크게 뛰었다. 파직, 하는 기분 나쁜 소리와 검은 광선과 함께.

약장수 씨의 바로 옆에는 루미레아를 붙잡은 악마 같은 남자가 있었다. 바로와즈, 라는 이름의 남자. 그는 힘이 빠진 듯 무너져 내리고, 바닥에 엎드렸다.

그리고——약장수 씨도.

"약장수 씨……?!"

루미레아가 일어서자, 그녀를 감싸고 있던 이드리아가 놀라 얼굴을 들었다.

"언니, 의식이…… 갑자기 일어서면 위험해!"

그렇게 황급히 막으려 했지만, 루미레아는 균형을 잃으면서도 구르듯 약장수 씨의 옆으로 달려갔다.

바닥에 드러누운 약장수는 조금도 움직이지 않았다. 그 얼굴을 보고 자신도 모르게 가슴이 철렁 내려앉았다.

왜 숨을 쉬지 않는 거야?

"이럴 수가…… 어째서, 약장수 씨…… 약장수 씨!"

귓가에 대고 이름을 불렀다. 외쳤다. 하지만 대답은 없었다. 그저 거기 누워 있을 뿐. 엷게 뜬 눈은 아무것도 비추지 않았다.

어째서. 약장수 씨가 이런 일을.

약장수 씨의 가슴에는 바로와즈의 손바닥이 포개져 있었다. 조심스레 이를 치우자 그곳을 중심으로 옷이 검게 타 있으며, 살까지 타들어 가고 있었다.

이 남자가 약장수 씨의 신체를 파괴한 것이다. 루미레아를 괴롭히고 몸도 마음도 부순 것처럼 약장수 씨까지.

"언니……."

이드리아가 아이를 업고 다가왔다. 그 눈은 당황한 듯 약장수를 바라봤다. 약장수 씨가 상냥한 사람이라는 것을 알고 있었다곤 해도…… 그래도 아직은 더럽혀진 존재라고 야유받던 이루다인이 목숨을 던지면서까지 자기들을 도와줬다고는 믿지 못하는 거겠지.

아이러니한 일이지만 루미레아도 마을을 나설 때까지는 몰랐다. 마을 밖에서 약장수 씨와 만날 수 있었기 때문에 그 고귀함이 이리도 가슴 아픈 것이다.

"이드리아. 나——이 사람을 구하고 싶어."

그건 여동생에게 말하기보다는 자기 자신에 대한 확인이었다. 구하고 싶다. 구할 거다. 이 사람을 절대로 잃고 싶지 않아.

(죽지 마요…… 약장수 씨!)

무작정 오른손을 상처에 가져다 댔다. 여태껏 마나의 사용법은 회복 훈련을 거듭하며 익혀 왔다. 엘프로서의 기억을 되찾은 지금이라면 치유 마법도……!

살짝, 손끝이 따뜻한 빛을 발했다. 제대로 발동했다——발동했어! 빛은 약장수 씨의 상처를 감싸고 문드러진 상처를 어루만져 갔다.

——그럴 터였다.

"어째서……?!"

루미레아의 비명이 울려 퍼졌다. 회복 마법으로 처치한 끝부분부터 상처가 다시 검게 물들어 갔다. 회복이 따라잡지 못하고 있다.

"왜…… 어째서…… 어째서야?!"

자신이 지닌 모든 마나를 주입하고 있다. 회복 마법도 올바르게 작용하고 있다. 그런데도 바로와즈가 남긴 선물은 이를 비웃듯 약장수의 몸을 갉아 먹었다.

"싫어…… 싫어 싫어 싫어 싫어……!"

데려가지 마. 이 사람을 데려가지 마.

숨쉬기 힘들다. 공기를 잘 못 마시고 있다. 머리가 하얘지고 금방이라도 소리를 지를 것만 같았다.

다시 패닉에 빠져드는 루미레아에게, 이드리아가 「언니」 하고 말을 걸어왔다.

"진정해. 숨이 얕아지고 있어. 이러다간 언니까지 쓰러지고 말 거야."

"진정하라니……!"

고함을 지르며 순간적인 반동으로 숨을 깊이 들이마셨다. 이드리아는 불안해했다. 당연하다──이 아이는 계속 찾아줬다. 나를. 본래라면 싸움 같은 건 좋아하지 않을 텐데. 고생하며 찾아줬다. 그런데도 나는 아무것도 기억하지 못했다. 마을의 비밀까지 누설했다. 그리고 지금도.

하지만.

──또륵, 하고 눈에서 눈물이 흘렀다. 뚝뚝 떨어진 그것이 약장수 씨의 몸을 치유해 줬으면…… 그런 기적이 일어나면 좋을 텐데. 약장수 씨는 움직이지 않았다.

"일어나요…… 일어나세요, 약장수 씨……."

기억을 되찾은 지금――모든 것을 떠올릴 수 있다.

목욕하고 돌아가던 길에 갑자기 습격당한 날의 일을.

농락당하고, 유린당했다.

눈이 아플 정도로 눈물을 흘려도, 목이 터져가라 외쳐도 구해주는 사람은 없었다. 떼 지어 몰려드는 남자들에게 괴롭힘을 당했으며, 팔려 간 곳에서는 더 깊은 상처가 온몸과 마음에 새겨졌다. 그렇게 밝았던 세상은 어두워지고――그리고 전부 손에서 놓아 버렸다.

――그랬는데.

그런 내 세계에 또 한 줄기 빛이 비쳤다. 그 빛이야말로, 당신.

몸을 움직이지 못하고, 눈이 안 보이고, 마음조차 놓았던 나를 건져 올려준 사람.

독에 시달렸을 때도, 손발을 잃는다는 두려움에 불안해할 때도 옆에서 다가와 준 사람.

먹는 재미를, 사람과 어울리는 기쁨을 다시 한번 알려준 사람.

그리고 마침내 더 이상 돌아갈 수 없다고 체념하고 있던 가족의 품과 고향까지 되찾아줬다.

――약장수 씨. 저는 당신에게 얼마나 많은 것을 받았을까요?

그런 당신이기에 저는.

"……포기 안 해."

쓰윽, 눈물을 훔쳤다.

약장수 씨는 잔뜩 농락당하다가 부서진 루미레아조차 버리지 않고 구해줬다. 그는 위선이라 자조했지만 분명 나는 그로 인해 구원받았다.

그것이야말로 사실이다.

(결심했잖아⋯⋯. 지켜지기만 하는 내가 아니라, 그 옆을 함께 걸을 수 있는 내가 되자고——!)

이번에는 내가 이 사람을 도와주는 거야.

그렇게 강하게 맹세한 순간, 오른팔에 강한 마나의 흐름을 느꼈다. 아담스카 씨에게서 받은 하이 엘프의 팔. 할 수 있어. 괜찮아. 힘을 보태줄게. ——팔의 원래 주인이 그렇게 속삭여 준 것 같았다.

"약장수 씨, 함께 돌아가요⋯⋯!"

방대한 마나가 오른쪽 손바닥에서 흘러나왔다. 손가락까지 뜨겁다——좀 전과는 비교가 안 될 정도로 강렬한 빛이 분출됐다. 치유 마법이 상처를 비롯한 약장수 씨의 전신을 감쌌다.

"⋯⋯윽!"

약장수 씨의 그을리고 짓무른 피부가 빛이 닿은 부위부터 순식간에 재생되어 갔다.

좀 더, 하고 루미레아는 힘을 주었다.

표면뿐만 아니라 좀 더 몸속 깊은 곳까지.

멀리 달아나려는 것을 막을 수 있을 정도로!

"부탁이야⋯⋯. 돌아와요, 약장수 씨! 나⋯⋯ 아직 당신의 이름을 부른 적이 없어⋯⋯!"

외침과 함께 한층 강한 빛이 시야를 하얗게 물들였다.

강하게, 강하게, 강하게——!

"……앗!"

순간 깜짝 놀랐다. 손바닥에 고동이 느껴진 것 같은…… 기분이 들었다.

황급히 귀를 가슴에 가져다 대자, 쿵쾅쿵쾅 힘차고 규칙적인 고동이 분명하게 들렸다.

"약장수 씨!"

무심코 목덜미를 껴안자, 잔잔한 호흡 소리가 들렸다.

"다행이야…… 다행이야…….'"

눈물은 이미 말라 나오지 않았다. 분명 지금은 울 필요가 없을 것이다.

이 사람이 살아 있어 준다면. 그것만으로도 충분히 채워지는 느낌이 들었다.

(아아…… 역시 나는…… 루미레아로 돌아가도 변하지 않아.)

이 가슴에 품은 마음은 변하지 않아.

——나는 이 사람을 진심으로 사랑해.

"불러내서 미안해. 하지만 이건 지극히 사적인 문제를 내포하고 있어서 단둘이 얘기하는 게 낫다고 판단했거든. 주치의의 한 사람으로서."

과거 아담스카는 루미레아에게 그렇게 말했다. 테라스에 부는 바람은 차갑고 어딘가 맑게 느껴졌다. 그 바람과 똑같은 분위기를 풍기는 아담스카의 눈동자가 루미레아를 똑바로 바라봤다.

"너는 과거에 당한 폭행으로 인해, 여성으로서의 신체 기능에도 심각한 손상을 입은 것 같아. 고칠 수 없는 건 아니지만······ 큰 대가를 수반할 거야. 그 선택에 관해 이야기하고 싶어."

***

내 앞에는 문이 있다. 구면인 아담스카의 거처에 있는 문이다. 하지만 지금은 노크하는 데도 심호흡을 한 번 할 필요가 있었다.

──엘프 마을 습격 사건으로부터 3개월 정도가 지나고 있었다.

두목이었던 덩치 큰 남자가 죽자, 조직으로서의 결속이 와해한 습격자들은 엘프들의 반격을 받고 생포되었다.

그리고 사태가 진정된 이후, 나와 루미레아는 샤크나에게 불려 갔다. 습격자 토벌에 의한 사면——즉, 누설에 의한 죄의 탕 감과 루미레아 신분의 부활. 마을에 온 본래의 목적이 완수된 순간이었다.

"이번 일은…… 내 부덕이 불러온 일이기도 하다."

엘프의 치유 마법 덕분에 완전히 회복된 샤크나였지만, 우리 앞에서 그렇게 고한 그의 표정은 어쩐지 어두웠다.

그때는 무슨 일인지 몰랐지만——마을을 떠나기 직전에 샤크 나로부터 과거 엘프가 이루다인의 마을을 습격한 것, 샤크나가 그 지휘를 맡은 당사자이며 게다가 그 덩치 큰 남자는 그 마을 의 생존자였을 거라는 이야기를 들었다.

"과거의 망령에 짓밟힌 기분이다……. 아니, 그동안 살면서 망령을 만들어 왔으니 그보다 더 죄가 깊다."

그렇게 얘기를 해온 건 내가 이루다인이기 때문일지도 모른 다. 어쨌든 처음 만났을 때의 그와는 심경이 크게 달라진 것처 럼 보였다.

떠나기 직전에 받은 것은 샤크나의 회한뿐만이 아니었다.

"루미레아. 이걸 가져가렴."

사면을 받았음에도 불구하고 스스로 규칙을 어긴 몸으로서 바 깥 세계로 나가는 것을 선택한 루미레아에게 라드미아가 선물 을 전해주었다. 그것은 아름답게 빛나는 결정으로, 스스로 옅은 빛을 발하고 있었다.

"아버지의 유품이란다. 사실은 네가 붙잡히기 전에 주려고 했 는데……."

"아버지의……."

물건을 건네받은 루미레아는 이를 소중하다는 듯이 꼭 껴안았다. 이를 본 라드미아가 딸을 더욱 세게 껴안았다.

"루미레아. 우리는 멀어지지만…… 엄마도 이드리아도 계속 널 생각하고 있단다. 부디…… 행복하게 지내렴."

"……웃."

루미레아가 라드미아를 세게 껴안았다. 도착했을 때와는 다른 의미를 지닌 포옹. 나는 방해가 되지 않도록 조금 떨어진 곳에서 지켜보고 있었다. 하지만——.

"약사님."

고개를 든 라드미아가 깊이 절을 해왔다. 당황하는 나에게 「딸을 잘 부탁드려요」라고 말하며.

"얼굴을 들어 주세요……! 루미레아 씨는 저에게 있어서도 소중한 사람입니다. 그러니……."

분명 라드미아는 소중한 딸을 깊이 상처 입힌 바깥 세계로 다시 보내는 건 불안해서 견딜 수 없을 것이다.

나는 무릎을 꿇고 라드미아의 눈높이에 시선을 맞춰 똑바로 말했다.

"루미레아 씨가 행복하게 살 수 있도록 온 힘을 다해 노력하겠습니다. 반드시요."

라드미아는 내 눈을 물끄러미 쳐다보았다. 루미레아와 많이 닮은 얼굴과 눈동자. 하지만 바라보니, 백 년 이상의 세월을 보낸 엘프의 무게가 느껴졌다.

"……고마워요, 친절한 이루다인 약사님. 덕분에 엄마는 안심하고 딸을 보낼 수 있어요."

라드미아는 방긋 미소 지었다. 그러더니 문득 표정을 바꿨다.

"사실 한 가지 더 약사님께 드릴 말씀이……."

"실례합니다."

문을 두드리고 카트를 밀며 안으로 들어갔다. 거기에는 침대에 걸터앉은 루미레아와 그 옆에 서 있는 마드리리가 있었다.

"의수와 의족 제거는 끝났어."

"감사합니다, 마드리리 씨."

루미레아의 말에 윙크로 대답한 마드리리는 「또 보자」라고 말하며 방을 나섰다.

그 등에 나도 말을 걸었다.

"죄송해요, 멀리서 일부러 찾아오게 해서."

"뭘. **이 녀석**이 필요 없어질지도 모른다니, 이런 좋은 일이 어디 있다고."

그렇게 자신이 만든 의수와 의족을 가볍게 쓰다듬으며 마드리리가 웃었다.

멀어지는 마드리리의 등을 배웅하며 루미레아의 곁으로 향했다.

부드러운 미소를 지은 그녀는 이쪽을 바라보고 있었다. 기억을 되찾은 뒤에도 루미레아는 크게 변하지 않았다. 상냥하고, 온화하고, 강했다. 분명, 기억의 유무와 관계없이 그것이 그녀라는 사람일 것이다.

"루미레아 씨…… 정말 괜찮아요?"

카트 위에 놓인 약을 힐끗 바라보며 물었다.

"이걸 마시게 되면——엘프로서의 수명이 크게 줄어들어 버리는……."

작은 병에 든 물약. 그것은 치유 재생의 비약으로 여겨지는 하이 포션이었다.

환상이라는 말까지 듣는 그 약을 만들 수 있었던 것은 라드미아 덕분이었다. 아버지의 유품으로써 루미레아가 건네받은 결정은 엘프의 체내에서 만들어지는 것으로, 그것이야말로 하이 포션의 원재료가 되는 것이라고, 라드미아는 말했다.

(『엘프의 육체를 재료로 한 만병통치약』은 어떤 의미에서는 정말로 존재했다는 건가——.)

하지만 그것은 욕망에서 우러나오는 것이 아닌, 더 순수한 소원 같은 존재였다. 그리고 동시에 만병통치약이라고 말할 수 있을 만큼 단순한 물건도 아니었다.

절단된 신체나 내장의 손상조차 **원상 복귀**에 가까울 정도로 회복시켜 줄 수 있지만, 이를 위해 대량의 마나나 수명의 폭발적인 소비를 필요로 하는——그야말로 양날의 검이다.

"……루미레아로서의 기억이 돌아온 지금도 저의 소원은 변하지 않았어요. 아담 선생님으로부터 이 약의 설명을 듣고, 그래도『낫고 싶어요』라고 대답한 그날부터……."

"——그런가요."

루미레아의 의지는 확고했다. 예전부터 약물과 그 위험성에 대해 알고 있었다는 게 크게 작용했겠지. 애초에 단기간에 결정할 수 있는 일이 아니다.

이번에 약의 정제에 신세를 진 아담스카에겐 당분간 또 고개를 들지 못할 것이다. 아마 계속, 앞으로도.

"그럼……."

병뚜껑을 연 뒤, 그녀에게 건넸다. 병에서는 달콤하고 맑은 향기가 풍겼다.

오른손으로 그것을 받은 루미레아는 거의 망설임 없이 내용물을 들이켰다. 나도 모르게 눈을 질끈 감았다.

꿀꺽, 하고 루미레아의 목이 울렸다. 두 번, 세 번——이윽고 그 몸이 황금빛으로 빛났다.

"……읏."

마나의 방대한 흐름이——부풀어 오름과 동시에 터졌다. 내가 이해할 수 있는 건 그뿐이었다. 너무나도 눈부신 나머지 눈을 뜨고 있을 수가 없었다.

"루미레아 씨!"

거의 무의식적으로 소리를 질렀다. 동시에 번쩍, 하고 한층 강한 빛이 느껴졌다. 시간으로 따지면 1분 정도일까…… 그 전후일 것이다. 눈 깜짝할 사이라고도, 길게 느껴진다고도 할 수 있는 시간이 흘렀다.

빛줄기는 순식간에 잠잠해졌다.

(뭐가 어떻게 된 거지?)

흐린 눈을 비비며 집중시켰다.

눈앞에는 여자가 있었다. 물론, 루미레아다. 루미레아가 틀림없다.

창백하고 가느다란 두 팔과 환자복에서 늘씬하게 뻗어져 나온 두 다리. 뒤돌아서 이쪽을 바라보는 건 비취색을 한 두 눈.

"……읏."

몸이 떨릴 정도의 기쁨도 있다는 것을, 이 순간 처음 깨달았다.

"저……."

루미레아는 겁에 질린 듯――그리고 이내 가만히 자기 몸을 내려다보았다. 양손을 움직이고 발꿈치를 들고――정말로 자신의 몸인지를 확인하는 것처럼.

"약장수 씨……!"

루미레아가 양팔을 벌리고 달려왔다. 안으려던 참에――「꺄악!」하고 비명을 지르며 곤두박질쳤다. 쓰러지기 직전에 황급히 손으로 받쳤다.

"괜찮아요?"

"네, 네. 저기…… 아직 조금은 불편하네요."

붉어지는 그 얼굴과 눈이 마주쳤다.

서로 어느 쪽이라고도 할 거 없이 웃음이 터졌다. 나는 이번에 야말로 힘껏 그 몸을 껴안았다.

부드러운 따스함. 나를 끌어안는 가느다란 팔의 힘. 그것을 온몸으로 느꼈다.

"약장수 씨, 약장수 씨……!"

"네, 정말…… 다행……."

목소리가 목구멍에 막혀서 말이 잘 나오지 않았다.

아아──설마 이런 날이 올 줄이야.

루미레아와 만났을 당시, 「리즈레」라는 이름에 담은 것은 그저 간절한 바람이었다.

손발을 움직이는 것도, 보는 것도, 대화하는 것도, 웃을 수조차 없었던 그녀와──지금 이렇게 함박웃음을 지으면서 서로 껴안고 있다.

이 얼마나 기적 같은 일인가.

"약장수 씨."

좀 진정되어 피곤해진 건지, 루미레아는 침대에 살며시 걸터앉았다. 몸이 떨어진 대신 이쪽을 똑바로 바라봤다.

"저, 몸이 나으면 부탁하려고 했던 일이 있어요."

"저한테, 말인가요?"

"네."

고개를 끄덕인 그녀는 약간 수줍게 눈을 돌렸다. 아니, 어쩌면 불안해하고 있을지도 모른다.

"약장수 씨가 저에게 지어주신 이름…… 저를 다시 리즈레라고 불러주실 수 있을까요?"

"엇…… 아니, 하지만. 그건…… 어쩔 수 없이 임시로 지은 이름이에요. 지금은……."

어떤 소원이라도 흔쾌히 들어주고 싶은 심정이었지만, 그것만은 도리어 미안한 마음이 들어서 나도 모르게 그런 말을 하고 말았다.

무엇보다 그녀는 기억을 되찾았고, 다른 이름으로 불렸던 그 시절과는 모든 것이 다르다. 하지만 루미레아는 미소를 지으며 양보하려 하지 않았다.

"괜찮아요. 당신이 소중한 약속을 지켜준 일을 언제라도…… 기억해 낼 수 있으니까요……."

그 말을 듣고 비로소 「아아」 하고, 납득했다.

그렇다. 이걸로 내가 그녀에게 한 가장 큰 약속은 지켜졌다.

그녀는 이제 내 환자도 무엇도 아닌, 한 명의 여성이 되었다.

이제부터의 인생은 그녀 자신의 것이다.

"알겠습니다, 리즈레 씨."

고개를 끄덕이자, 리즈레의 얼굴이 확 밝아졌다. 그걸 보고 나도 모르게 가슴이 뜨거워졌다.

"사실…… 저도 한 가지 부탁이 있어요."

"약장수 씨의…… 부탁."

이쪽을 바라보는 눈동자는 마치 보석 같았다.

정말로 괜찮은 걸까. 이런 소원을 말해도. 그게 이 빛을 더럽히지는 않을까.

나에게 달라붙은 과거. 그것을 알고도 용서해 준 그녀. 그 상냥함을 이용한 자신의 어리광이지만——앞으로 나아가려고 하는 그 강인함을 옆에서 바라보는 사이, 계속 과거에 얽매인 자신의 연약함을 깨닫게 되었다.

『멋대로 어울리게 해서 미안하군.』

갑자기 귓가에서 은인의 목소리가 들린 것 같았다.

그건 오랜 싸움 끝에 쓰러진 그가 죽음 직전에 한 말이었다.

『이제부터는…… 멋대로 살아.』

그때는 이 말에 절망하고…… 망설이고, 고민했다. 자신이 저지른 일에 대한 속죄를 위해 약사가 되기로 선택했다.

하지만 지금은.

그 말이 가볍게 이 등을 밀어주었다——그런 기분이 들었다.

"리즈레 씨."

침대 앞에 무릎을 꿇고 눈높이를 맞췄다. 그 두 손을 천천히 잡고 똑바로 눈동자를 바라봤다. 그리고.

"당신을…… 진심으로 사랑합니다. 앞으로도 저와 계속 함께 살아주세요."

입에서 나온 말. 생각보다 마음은 평온했다. 혹시 모르니 「이번에는 환자로서가 아니라……」라고 덧붙였다.

"그…… 반려자로서."

리즈레는 멍해 보였다. 과연 전해졌을까——그렇게 생각할 새도 없이 그 표정이 일그러졌다.

"……웃, 네."

볼을 물들이며 고개를 끄덕인 그 얼굴이.

"저도——같은 마음이에요."

떨리는 목소리로 대답하는 입술이.

살며시 내 것과 겹쳤다.

"……!"

잡은 손에 힘이 들어갔다. 상대 역시 손을 되잡아 줬다. 주고받는 눈동자. 촉촉한 그 눈동자에 서로의 얼굴이 비쳤다.

천천히 얼굴을 떼자, 리즈레는 손가락 끝으로 입술을 살짝 만졌다. 그러더니 갑자기 얼굴이 새빨개지며 「흐아아」 하고 신음했다.

"죄, 죄송해요……. 저도 모르게 그만."

"아뇨, 저기. 정말…… 기뻐요."

아마 자신도 같은 얼굴을 하고 있을 것이다.

큰 눈을 치켜뜨고 이쪽을 바라본 리즈레는 얼굴과 똑같이 달아오른 귀를 움찔움찔 움직였다.

"……옆에 있기만 해도 좋다고 생각했는데…… 이렇게 지내다 보니 정말로 행복해져서…… 더 욕심이 날 것 같아요."

"리즈레 씨는 꽤 먹성이 좋으니까요."

무심코 농담을 건넨 것은 그런 말을 하는 그녀가 너무나도 귀엽고 사랑스러웠기 때문이다. 하지만 「또 그렇게 얼버무리네요」라며 혼나고 말았다.

"슬슬 이름 정도는 가르쳐 주세요! 약장수 씨."

"네? 아, 네. 저기……."

과거에 질문을 받고도 알게 된 지 얼마 안 됐다며 알려주지 않았던 진짜 이름. 생각해 보면 리즈레는 꽤 긴 시간 동안 인내해 주고 있었다.

"제 이름은――."

***

해 질 녘이 되면 귀를 기울이는 것이 최근 리즈레의 일과였다.

그날, 약장수 씨와 맺어졌다. 공방으로 돌아간 두 사람이 부부로 살게 된 뒤로 6년 정도의 시간이 흘렀다.

약장수 씨는 아직도 약사로서 사람들을 돕고 있다. 지금처럼 재료를 모으러 여행을 떠나 집을 비우는 일이 있기도 하지만, 그동안은 치유 마법을 사용할 수 있는 리즈레가 환자를 진찰하고 있다. 물론 그녀의 환자 중에는 무리하게 짐을 옮기다가 어깨를 다친 남편도 있지만――.

작았던 취락은 이제는 마을이라고 부를 수 있을 정도로 커졌다.

엘프도 어쩐지 달라졌다. 배타성은 예전보다 줄어들고, 고향으로의 출입도 다소 허용되는 것 같았다. 이드리아와 어머니가 이곳까지 찾아온 적도 있다.

이드리아는 경병단으로서 더욱 매진한 모양이었다. 리즈레를 비롯해 노예로서 엘프를 구입한――심지어는 다른 종족들도 학대하고 있던 이루다인 영주 귀족을 찾아 포박했다. 엘프의 방식으로 응당한 처벌을 받게 했다는 이야기만 들었다. 리즈레는 드디어――정말 잊을 수 있을 것이라며, 이드리아에게 감사했다.

변하지 않은 것도 있다. 아네 씨와 모네는 지금도 이웃으로서 교류하고 있다. 리즈레가 공방에 돌아온 것을 가장 기뻐한 것도 그녀들이었다.

"──아."

움찔, 하고 귀가 움직였다. 소리가 났다. 애타게 기다리던 발소리. 멀리 손을 흔드는 남편의 모습이 보였다.

"어서 오세요, 약장수 씨."

부르고 나서 「앗」 하고 조금 수줍어했다. 지금도 종종 잘못 말할 때가 있었는데, 그럴 때마다 **아이들**이 옆에서 키득키득 웃었다.

"어서 오세요, 아빠!"

"파파!"

다섯 살이 된 딸과 아직 두 살밖에 안 된 아들은 그렇게 말하고 나서 아버지를 향해 달리기 시작했다. 장바구니를 등에 짊어지고 있음에도 남편은 우리 두 명의 아이를 어깨와 팔에 안아 올렸다. 방금 막 선물로 받은 목각 드래곤을 바라보는 아들의 눈이 빛났다.

"다녀왔어요, 리즈레 씨."

리즈레가 세 사람에게 다가가자, 그가 부드럽게 웃었다. 리즈레 또한 같은 웃음을 돌려줬다.

"어서 와요──아렌 씨."

리즈레 루미레아 틸딘으로서 살아가기로 선택한 그날부터 리즈레의 나날은 둘도 없는 귀중한 것으로 바뀌었다. 분명 포기한 엘프의 수명보다도 더.

이렇게 아렌 씨 옆을 걸을 때마다 음미하지 않을 수 없다.

그 둘도 없는 시간을 우리는 함께 살아간다. 앞으로도 계속.

악몽 같은──꿈이길 바라는 날도 있었다. 그것을 극복할 수 있던 건 다름 아닌 지금 옆에 있는 이 사람 덕분이다.

당신의 손이. 그 노력을 새겨온 커다랗고 따스한 손이.

나와 두 명의 소중한 아이들을 감싸줄 때, 나는 그걸 한층 더 강하게 느껴요.

아렌 씨.

나는 지금.

──정말로 행복해요.

아렌 틸딘
리즈레 루미레아 틸딘 부부 수기

후기

안녕하세요, 이번에 노벨라이즈판 집필을 맡은 아야사카 쿄우라고 합니다.

약장수 씨와 리즈레 씨를 비롯해 매력적인 캐릭터들과 심오한 세계관을 지닌 『너덜너덜한 엘프 씨를 행복하게 하는 약장수 씨』라는 작품을 소설이라는 형태로 집필하게 되어 매우 즐겁고 행복했습니다.

작중에서는 약장수 씨가 공방에서 약초를 키우기도 하죠.

약초, 뭉뚱그려 말하면 허브입니다.

저는 예전에 허브를 키운 적이 있습니다. 민트였습니다. 「민트 폭탄」이라 불리며 두려움을 살 정도로 엄청난 번식력을 자랑하는 식물입니다.

하지만 시들었습니다. 말라버렸어요. 키우기 시작한 지 1년도 채 되지 않을 무렵의 일이었습니다.

「엇…… 민트가 시들기도 해?」라며 상당히 놀랐습니다. 겨울도 아닌데?

생각해 보면 저는 초등학생 때부터 선인장을 사 와서 시들게 만들곤 했습니다. 약장수 씨가 식물을 기르는 것이 특기인 「초록 손가락」의 소유자라고 한다면 아야사카의 손가락은 검습니다. 칠흑이에요. 슬프네요.

식물을 기르기 위해서는 관찰력과 배려가 중요하다고 들었습니다. 그러한 능력이 근본적으로 부족한 것이겠지요……. 그렇게 생각하면 약장수 씨가 약초와 채소를 잘 키우는 것도 이해가 되네요.

참고로 새까맣게 시든 민트는 자연스럽게 이듬해 봄에 또 푸른 잎사귀가 무성하게 자라났습니다. 강해요.

이만 마무리를 해야겠네요.

노벨라이즈판을 집필함에 있어서 정성껏 감수해 주시고 느긋하게 쓰게 해주신, 원작자이자 이 책의 아름답고 멋진 커버와 일러스트를 그려주신 기바짱 선생님. 그리고 어떻게 하면 『너덜 엘프』의 세계를 소설이라는 형태로 더 매력적으로 표현할 수 있을지, 함께 머리를 싸매면서 작품 구상을 진행해 주신 담당자님. 책을 손에 들어주신 모든 분들.

대단히 감사합니다.

원작을 읽으면서 리즈레 씨와 약장수 씨를 응원하고, 때로는 눈물을 흘리고, 가슴이 벅차오르기도 했던 그 감동을 이 책을 통해 음미해 주시면 감사하겠습니다.

이번 작품을 집필해 주신 아야사카
선생님,
소설화를 제안해 주신 편집자 타마다 씨,
이 자리를 빌려 다시 한번 감사의
말씀 드립니다.

원작 담당이면서도 책을 읽으며
힘들어도 서로를 생각하는 것을
잊지 않는 리즈레 씨와 아렌은
언제나 행복하게 살아가는구나,
진심으로
그런 생각이 들었습니다.

이 책을 손에 들어주신 여러분,
정말 감사합니다!!
다음에 또 뵐 수 있으면 좋겠습니다.

호화 기고진의

『너덜너덜한 엘프 씨를 행복하게 하는 약장수 씨』

스페셜 아트집!!

이카리 마나츠

92M

사쿠라이 노리오

시마하라

준

타케우치 료스케

치구사 미노리

니쿠마루

네코무기

야키토마토

호화 작가진의 스페셜 아트는 다음 페이지부터!

먼저 제안해 주셔서 감사합니다.
여러 경험을 통해 점점 표정이 풍부해지는 과정이 정말로 사랑스러웠어요.
그런 리즈레 씨가 마음에 들어 굉장히 즐겁게 그릴 수 있었습니다!
앞으로의 작품도 응원할게요!

이카리 마나츠

소설 간행 축하드립니다!
「너덜너덜한 엘프 씨를 행복하게 하는 약장수 씨」는
SNS에서 연재되던 시절, 매우 자극을 준 작품이었습니다.
제안해 주셔서 영광입니다.
리즈레 씨의 가녀리고 덧없는 모습이 마음에 남았습니다.
행복해져서 정말 다행이에요.
앞으로 기바짱 선생님의 활약도 기대하고 있습니다!

92M

「너덜너덜한 엘프씨를 행복하게하는 약장수 씨」 소설판 발매 축하드립니다!

축 ❀ 소설화!
축하드립니다

「너덜너덜한
엘프 씨를
행복하게 하는
약장수 씨」
소설 발매 축하드립니다!

Jun

「너덜너덜한 엘프 씨를 행복하게 하는 약장수 씨」 축! 소설화!

「너덜너덜한 엘프 씨를 행복하게 하는 약장수 씨」 소설화!! 축하드립니다〜!! 이런 형태로 기바쟝 선생님의 작품에 참여하게 된 것을 대단히 영광스럽게 생각합니다. 앞으로도! 기바쟝 선생님의 활약! 응원하고 있습니다!! 竹内良輔 リョースケ

일러스트레이터 타케우치 료스케 님

소설 출판
축하
드립니다!!

만화가 네코무기 님

만화가 야키토마토 님

『너덜너덜한 엘프 씨를
행복하게 하는 약장수 씨』
소설판 간행 축하
드립니다!!

리즈레 씨가 행복해지는
모습을 보고
저도 행복해졌어요!!!
앞으로도 응원합니다!

2023. 11木

BOROBORO NO ELFSAN WO SHIAWASE NI SURU KUSURIURISAN

ⓒ2023 by Gibachan, Kyou Ayasaka
All rights reserved.
First published in 2023 by SHUEISHA Inc., Tokyo
Korean translation rights in Korea by Somy Media, Inc.
through THE SAKAI AGENCY, INC.

너덜너덜한 엘프 씨를 행복하게 하는 약장수 씨

2024년 8월 15일 1판 1쇄 발행

원작·일러스트 기바짱
소　　　설 아야사카 쿄우
옮　긴　이 이해빈
발　행　인 유재옥
담 당 편 집 박치우

이　　　사 조병권
출판본부장 박광운
편 집 1 팀 박광운
편 집 2 팀 정영길 조찬희 박치우 정지원
편 집 3 팀 오준영 이소의 권진영
디자인랩팀 김보라
디지털사업팀 박상섭 김지연 윤희진
라이츠사업팀 김정미 맹미영 이윤서
영업마케팅팀 최원석 박수진 이다은
물　류　팀 허석용 백철기
경영지원팀 최정연
발　행　처 (주)소미미디어
인쇄제작처 코리아피앤피
등　　　록 제2015-000008호
주　　　소 서울시 마포구 토정로 222, 502호(신수동, 한국출판콘텐츠센터)
판　　　매 (주)소미미디어
전　　　화 편집부 (070)4164-3962, 3963　기획실 (02)567-3388
　　　　　　　판매 및 마케팅 (070)8822-2301, Fax (02)322-7665

ISBN 979-11-384-8408-4
ISBN 979-11-384-8407-7 (세트)

모쪼록…

그럼,
다녀올게.

무리하지
마세요.

끼익…

……

후훗

알고
있어요!

조심할게…
리즈도

더 이상
혼자만의
몸이
아니니까…